京都伏見の榎本文房具店
真実はインクに隠して

福田 悠

宝島社
文庫

宝島社

［目次］

京都伏見の榎本文房具店　真実はインクに隠して

第一話 ▼ 黄色い菖蒲

その鉛筆の木軸には『CASTELL9000』という金文字が躍っていた。

職業柄、この製品はよく知っている。

ドイツの老舗筆記具ブランド、ファーバーカステル社が製造する世界的に有名な鉛筆だ。

しかしなまじ知識が豊富なだけに、違和感が膨れ上がる。

それは、慣れ親しんだ祖母と自分の世界に、突如として湧いて出た異質な存在だった。

榎本史郎には、まったく心当たりがなかった。

今は亡き祖母の硯箱の中に、この鉛筆が一本だけ入っていた理由に。

「榎本文房具店」のある京都市伏見区では、中心市街地を二本の私鉄が南北に走り、それと垂直に交わるように大手筋通りが東西に伸びていた。

私鉄の駅を出て大手筋通りを東に向かえば美酒を生み出す名水で有名な御香宮神社があり、逆に西に歩を進めて三分ほど歩くと、屋根付きのアーケード街に入る。

ここが、地元では知らぬ者のない伏見大手筋商店街だ。銀行、茶屋、雑貨店、喫茶店、中華料理店、コンビニエンスストアやファストフードショップ、さらには寺などが雑多に軒を連ねる。アクセスはいいが、昔ながらの個人経営の店が多いせいで、どことなくレトロな雰囲気が漂う。

観光客に驚かれることも少なくないが、商店街のなかに寺の山門があるのも、京都市内では珍しくない光景だ。

榎本文房具店は、その商店街の一角に店を構えていた。一角といっても、商店街の大通りから南に折れた支路沿いなのだが。

祖母の文乃(あやの)はこの土地で、祖父から引き継いだ榎本文房具店を経営してきた。

史郎が生まれた時、祖父はすでに亡くなっていた。そして両親は、彼が小学生のとき海外で事故に遭い、他界してしまう。

そういう事情で史郎は文乃に引き取られ、この文房具店の奥に続く住居部分で育てられたのだ。

史郎は高校を卒業すると、東京の大学に進学したのを機に京都を離れ、卒業後は都内の老舗文房具店でバイヤーとして働いていた。気がついてみると、この家を出て十三年の歳月が流れていた。

祖母が亡くなったのは、青天の霹靂(へきれき)だった。

七十九歳という年齢を「まだ若い」と思うか「いや、もうそろそろ……」と考えるかは人それぞれだが、文乃が若々しく元気に店を切り盛りしていたこともあって、史郎は前者だと決めつけていた。そして、長いあいだ祖母をひとりにしてきたことを、今更ながら後悔した。

文乃からの電話を受けて慌てる史郎に、「ちょっと入院することになったけど、すぐに出てこれるやろ。心配するようなことはあらへん。いやいや、帰って来んでもええねん。あんたは会社の人に迷惑をかけんよう仕事をしなはれ」と、文乃は言った。それが、ほんのひと月ほど前のことだ。

その後、一週間前に病院で容態が急変し、そのまま帰らぬ人となるまで、文乃との電話でのやり取りは続いた。今思えば、いつでも会えることを前提としたたわいない会話ばかりで、肝心なことは何ひとつ話していない気がする。

そんな事情で、今は葬式やその後の対応のため一時帰省しているのだ。

葬儀もすみ慌ただしさは幾分落ち着いていたので、店主の入院以来、休業している文房具店に足を踏み入れた。かつては近所の大人や子どもで、そこそこ賑(にぎ)わっていたものだ。

店内を見てまわると、棚にはうっすらと埃が積もっていたが、並べてある文房具のなかには最近、雑誌やＣＭなどでも紹介されていた新作の万年筆や子ども向けのお洒落なファンシーノートなどもある。小学生向けの商品は気軽に見られるように、店先の低い位置に並べられていた。文乃が入院直前まで、品揃えや店内のレイアウトに気を配っていたことが窺える。

――この店も、このまま時が止まって朽ち果ててゆくのかな。

そう思うとやりきれない。文乃の死にさいして親戚のなかにも「京都へ戻って来て、この店を継いだらどうどす」と、勧めてくれる人もいる。

しかしＵターンするとなると、やはり二の足を踏んでしまう。勤務先の老舗文房具店『文林堂』で文房具のバイヤーとしてＥＵ諸国への出張もある今の仕事はやりがいがあったし、上司や同僚との関係も良好だった。

東京での生活を捨てるには、自分にはまだ早すぎるような気がする。

いっぽうで、こうして店内に佇んでいると、そこに文乃がいるような気がして、文具に魅せられてわくわくした子どもの頃の記憶が徐々によみがえってきた。

子どもの頃、ここは、それこそ本やゲームに出てくる宝物が隠された洞窟のようだった。店頭に並んだ色とりどりのノートを買っていく人を見て、何を書くのかなと想像するだけでわくわくした。学校から帰ると店に入り浸って、見本用の鉛筆やボールペンを手に取って何時間も書き味を試したりしているものだから、見かねた文乃に叱られることもしょっちゅうだった。

中には何に使うのか全く見当もつかない文具もあったが、文乃は史郎に質問されるたび、面倒くさがらず丁寧に教えてくれたものだ。

——そうだ、教えるといえば……。

文乃は店内で、何か小さな教室のような集まりを主催していなかったか。

記憶をたどっていた史郎は、小学校低学年くらいの女の子が、遠慮がちに店内を覗いていることに気がついた。風を入れようと戸を開け放していたので、傍目には営業を再開したように見えたのかもしれない。

「ごめんね。店は今日も閉まっているんだよ」

入口に行って声をかけると、

「おばあちゃんは？」

史郎は言葉に詰まって目を伏せた。女の子は、文乃とは顔見知りだったらしい。

「おばあちゃん、死んでしもたん？」

おそらくはこの近所に住んでいて、家族の話から、なんとなく文乃の死を悟ったのだろう。

「うん。おばあちゃんはもういないんだ。きみはこの近くの子かい」

史郎は腰を低くして、少女と目線を合わせた。少女は頷（うなず）く。

「みずほな、おばあちゃんに習字を習うてたんや」

少女が持っているピンクの手提（てさ）げ鞄（かばん）に目を落とすと、鞄に付けられた星形のチャームに「ななせ　みずほ」と書かれていた。名字は「七瀬」だろうか。名前のほうは平仮名かもしれない。

よく聞いてみると、大手筋商店街で「ＮＡＮＡＳＥ」という甘味喫茶を営む七瀬家の子どもらしい。先日、文乃の葬儀に両親が来てくれて、挨拶を交わした覚えがある。

そこで思い出した。文乃は週何回か、店内で小さな習字教室を開いていたのだった。

とはいえ墨と毛筆で字を書く書道教室ではなくて、小学校低学年の子どもたちを対象に、専ら鉛筆書きを教えていたような覚えがある。

「それで、小学校の鉛筆の習字で、先生にほめられてん。花丸をつけてもろたんや」

「ほう。そりゃすごいじゃないか」

褒められてうれしかったのか、みずほは手提げ鞄から『れんしゅうノート』と書かれた帳面を取り出して見せてくれた。ここの教室で使っていたものらしい。広げてみると、中身は升目の大きな方眼紙だった。榎本文房具店の棚に並んでいる商品だ。開いてみると、子どもの字で平仮名や簡単な漢字などが書かれており、ところどころ赤鉛筆で修正が入れられていた。みずほが書いた字を、先生の文乃が直したのだろう。

「何を習うにしてもな、基本を疎(おろそ)かにしたら、あとあとうまくいかん。少々難儀でも、今頑張っておきなはれ」

史郎が小学生の頃はまだ教室はなかったので、文乃から直々に習字を教わっていた。仕事でのやり取りはメールが主流で、信書を送るにしてもワープロ書きがほとんどだ。だが、たまに手書きをしなければならない場面で、そこそこ恥ずかしくない字が書けるのは、文乃のおかげだと思っている。

方眼紙には、輪っかの部分が中心から右にある『ま』の字が書かれていた。まるで鏡文字だが、小さい子にはありがちな間違いなのだろう。それが、赤鉛筆で左側に修正されている。

史郎は微笑(ほほえ)ましく見て言った。

「頑張って練習したんだね」

「みずほ、これからも漢字をたくさん習って、もっときれいな字を書きたいんよ。また習字を教えてくれへん？」

「ごめんね。おばあちゃんがいなくなったから、もう教室はできないんだ」

かわいそうだが、仕方がない。

みずほは少し寂しそうに背を向けると、帰っていった。

史郎は一時帰省するにあたって少し余裕がもてるよう、忌引き休暇と有給休暇、合わせて十日間の休みを取得していた。

休暇はまだ半分以上残ってはいたものの、役所への届け出、文房具店の取引先への挨拶等、やらなければならないことは山ほどあり、落ち着いて故人を偲(しの)ぶ暇もないくらいだ。

葬儀の翌々日のこと、実家にこもって文乃の遺品整理をしていると、文乃の妹である今泉叶絵が訪ねてきた。

「ひとりでたいへんやったなあ、シロちゃん」

和室の居間に通された叶絵は、そう言って史郎を労ってくれた。叶絵は嫁ぎ先の嵯峨野で、連れ合いから引き継いだ骨董店を経営している。

「いやいやこちらこそ、叶絵さんには何から何まで面倒を見てもらって、本当に助かりました」

老舗文房具店に勤めている史郎は、一般的な冠婚葬祭についてはひととおり知っていた。しかし実際の習わしは地域によって様々で、さらに葬儀社や寺との折衝、弔問に来る親戚への昼食の手配など、こまごまとした段取りとなると葬儀を仕切った経験のある者でなければわからない。

嫁ぎ先ですでに義理の両親と連れ合いを見送っている叶絵は慣れたもので、文乃の葬式の段取りをあれこれと手助けしてくれた。葬儀が終わってからも毎日やって来ては、何やかやと世話を焼いてくれる。どうやら姉に代わって史郎の面倒を見るのは、自分の義務だと思っているらしい。

なお、史郎は文乃のことを「おばあちゃん」と呼んでいたが、同年配であるこの大叔母のことは、本人の意向で「叶絵さん」と呼んでいる。

骨壺の置かれた祭壇の前で線香をあげて合掌すると、叶絵はこちらに向き直り、持参した手提げ袋から、肉じゃがが入っているという容器と、新聞紙に包まれた箱のようなものを差し出した。

新聞紙の包みを解くと、中から古い硯箱が現れた。蒔絵螺鈿の工芸品で、何度か修理して使っていた形跡がある。黒漆地に野菊の花と二頭の蝶を象った虹色の貝が嵌め込まれていた。おそらくはアワビか夜光貝だろう。

「この硯箱は、文乃姉さんが大事に使っていた物でなあ、筆や硯のほかにも、文房具一式が入っておます。入院して少ししてから見舞いに行った時、修復を頼まれて取りに来たんやけど」

これまで日々の雑事に追われて、なかなか修理に出す暇がなかったから、という文乃の意向をくんで、叶絵は硯箱の保管場所を聞き、合鍵を預かった。そして無人の榎本家に行くと、箱を預かって持ち帰った。

「ほら、ここに紅珊瑚の珠がついてるやろ」

なるほどよく見ると、蝶の羽の部分に小さな赤い珊瑚珠が散りばめられている。叶絵の話では、この珠が取れてばらばらになっていたのを修復して付け直したらしい。骨董店を経営している叶絵は、古美術品などの修復にも伝(つて)があるという。

「あとあと取り紛れてもようないし、中身ごと預かってくれゆうことやった」

文乃は、それだけ叶絵を信頼していたのだろう。

「これは文乃姉さんの形見みたいなもんやで、シロちゃんが持ってなはれ」

叶絵はそう言って合鍵と一緒に硯箱を史郎に託し、四十九日までの段取りを話し合ってから帰っていった。これから初七日(しょなのか)をはじめとして、二七日(ふたなのか)、三七日(みなのか)、四七日(よなのか)と、七日ごとに七回法要がある。

史郎はひとりになると、目の前の硯箱の中身に興味を覚え、そっと開けてみた。箱は三段重ねの構造になっていた。蒔絵螺鈿の蓋(ふた)を取ると、上段には墨と硯と筆のほか、万年筆やガラスペンなどの筆記用具が入っている。習字教室で字を教えていたせいか、文乃はパソコンや携帯電話を使いこなすいっぽうで手書きを重んじ、史郎にもよく直筆の手紙をくれたものだった。

案の定、筆や万年筆は上質で手入れも行き届き、きちんと整理されて箱に収まっている。

中段には書類や手紙類が、あいうえお順のタグに仕切られ、わかりやすく分類されていた。

ところが、一番底になる下段を開けてみた史郎は首をひねった。

そこには一冊の大学ノートと、ファーバーカステルのトップセラー『カステル9000番』の鉛筆が一本入っていた。高級感がにじむダークグリーンの塗装のついた鉛筆には、濃さを示す『6B』の文字が入っている。先端が削られていたが、長さからして四分の一も使われずに役目を終え、その後ずっとここに入れられたまま歳月が経過したように見える。

史郎はその鉛筆を取ってメモ用紙に試し書きをしてみた。カステル9000番は、同じ6Bでも硬度にバリエーションがある。やや硬めのこの鉛筆は、幼児のお絵かきや美術のデッサンには向かないので文字を書くために使われたのだろう。濃くてくっきりした字が書けることで、字の特徴や間違いがわかりやすい。すぐに思いつくのは子どもの書き方練習用だが、大人でも写経などに使われることがあるという。

しかし文乃が普段、こんな濃い鉛筆を使っているのは見たことがない。机の上のペン立てに入れてある数本の鉛筆も、すべてＨＢだ。使い続けることなく放置されている点といい、文乃の私物でないのは一目瞭然だった。

いっぽう大学ノートはごくありふれたもので、ページをめくってみたものの、すべて白紙で何も記されてはいない。

しかしよく見ると、初めの数ページが切り取られており、一番上の白紙のページには文字を書いた跡のような凹凸が残っている。

切り取られたページに書かれていた内容の痕跡であろうと推測した史郎は好奇心に駆られ、文字が判別できるように、先ほど試し書きをした６Ｂの鉛筆を薄く塗ってみた。

しかし浮かび上がった文字は、史郎をさらに困惑させるものだった。

鉛筆で薄く塗られたノートに白っぽく浮かび上がったのは、「くどう　ひろゆき」という文字だった。

さらにその他にも、「ぼくは、……と思いました」などの、まるで小学生の作文の一部を抜粋したような文字が雑然と記されていたのがわかった。一連の文字は文章になっておらず、単語や文節がばらばらに書かれていて意味を成していない。筆跡も子どものようだ。

史郎は「くどう　ひろゆき」に全く心当たりがなかった。子どもではないかと思われるが、いったい何者なのか。そして、文乃とはどういう関係なのだろうか。

——もしかしたら、おばあちゃんが教えていた習字教室の生徒なのかもしれない。

史郎はそう思い当たると、文乃の文机の引き出しから習字教室の生徒名簿を取り出した。

遺品整理をしているさいに見つけたものだ。その中には、先日、文房具店を覗いていた七瀬みずほの名前もあった。

生徒数はせいぜい二十人くらいだったので、すぐに調べられたが、「くどう　ひろゆき」の名前はなかった。過去の名簿も調べてみたが、やはり見当たらない。

「くどう　ひろゆき」は、習字教室の生徒ではなさそうだ。

なんとなく引っ掛かりを覚えた史郎は、叶絵が帰宅する頃合いを見計らって彼女の自宅に連絡した。

「くどう　ひろゆき」という人物について、心当たりがないか尋ねてみると、

「わからんなあ、全然知らん名前やわ」

もともとあまり期待していなかった史郎は、

「そう、それならいいんだ。いろいろ煩（わずら）わせて悪かったね」

と言って、電話を切ろうとした。

「……いや、ちょっと待ち。下の名前はともかく、「くどう」ゆう名字は、どっかで見た覚えがあるわ」

「聞いたことがある」ではなく「見たことがある」というのは、どんな状況なのだろうと思っていると、

「そや、そや」

叶絵は、電話の向こうで膝を打った様子だ。

「シロちゃん、昨日、姉さんの香典を帳面に付けて持っていってあげたやろ」

「ああ、香奠（こうでん）帳ね」

香奠帳とは、いわゆる香典を納めてくれた弔問客のリストである。ちなみに香奠と香典は読み方も意味も同じだが、正式には香奠と書く。

地域の斎場で行われた文乃の葬儀には、想像以上に大勢の人が参列してくれた。親類を除けば大半は、大手筋商店街で昔から店舗を経営していて、文乃とは顔見知りの

隣人たちだ。十年以上地元を離れていた史郎には知らない顔も多かったが、それでも彼らは親身になって声をかけてくれた。

弔問客から受け取った香典袋も結構な数に上ったため、叶絵は史郎の代わりに袋を一件一件開封して弔問客の名前と金額を帳面に記入し、リストを作ってくれたのだった。

香典はただ貰(もら)えばいいというものではなく、頂いた相手の家に不幸があった場合、こちらも——通常は同額を——香典として納めるのが礼儀なので、弔問客のリストは作っておかなければならない。

文乃の葬儀からこのかた、史郎にとっては東京で過ごしていた日常から、いきなり異世界へ迷い込んだような日々が続いていたが、渡された香奠帳の中身が達筆で墨書きされているのを見て改めて感心した。

当初は自分のノートパソコンで手っ取り早くリストを作ろうと思っていたのだが、さすがは丁寧な文乃の妹だ。叶絵によると、「こういうもんは手書きで帳面に書いておかんことには、くれた人に対しても故人に対しても失礼どす」という。

史郎は電話口に叶絵から渡された香奠帳を持ってきて、ぱらぱらとめくった。

この香奠帳というのが江戸時代の商家で使っていた大福帳を思わせるような気合の入った代物で、縦長の半紙を綴った大きな日めくりを思わせる帳面なのだ。

一緒に持ってきてくれた現金のほうは、その日のうちに銀行に預けてある。

「その香奠帳に、くどう何とかさんの名前を書いたように思うんやけど」

史郎は何ページかめくって、目を疑った。

そこには『工藤健吾・五萬圓』と、書かれていた。さすがに大金すぎないか。

「あったよ、叶絵さん。でもこの人は、おばあちゃんとどういう関係なの。遠い親戚とか」

「いいや。親戚に工藤さんいう人はおらんな。亡くなった義兄さんの縁者でもないようやし」

叶絵は電話口で、しきりに首をかしげているようだ。

「うちはてっきり、シロちゃんがよう知ってはる人やないかと思っとったんやがなあ」

「いや、僕は知らないよ。そもそも近しい親戚ならまだしも、香典の金額が多すぎるだろ」

受話器から、「ほほほほ」という笑い声が聞こえてくる。

「まあ、そう言いな。姉さんは顔も広かったし……京都ではな、ひと同士、少々奇特なご縁があっても不思議やおまへん。東京では、どうかしらんけど」

そう言われると、初対面の他人に対しても細やかな気遣いを見せていた京都人らしい文乃の人柄が思い出されて、反論の言葉は出てこない。

「そや。確かその人、香典袋に住所も書いてくれてはったわ」

香奠帳には、名前と金額しか書かれていない。

「袋のほうを見てみ。住所から素性が割れるんやないやろか」

刑事のような口ぶりでそう言うと、叶絵は電話を切った。

翌日は五月晴れで、気持ちのよい風が吹いていた。

昼下がり、史郎は最寄り駅である近鉄京都線の桃山御陵前駅から下り方面にひとつ目の駅、向島駅で電車を降りた。本来なら、ひと駅くらい歩いていける距離なのだが、十三年前と比べてこの辺りも様変わりしているので、道に迷っては困ると思い電車にしたのだ。

ひとつしかない改札を出て西口に進み、外階段を下りる。それから少し狭い路地を抜けると車道に合流し、視界が開けた。

目の前には、広大な緑の田圃が広がっており、それを縫うようにして、農業用の用水路がいくつか走っている。これらの用水路は、最終的には宇治川に流れ込む。振り向くと駅のむこう側には、こちらとは対照的に巨大なマンション群が林立していた。

香典袋に書かれていた住所によれば、工藤健吾の家は、この田圃の先に点在している一戸建てのどれかなのだろう。

昨日、叶絵の助言に従って件の香典袋を探し当てた史郎は、そこに書かれてあった住所を頼りに、お礼かたがた工藤健吾を訪ねにきたのだ。香典返しのカタログギフトは発送するまでにひと月程度かかるため、今日は手土産に、辻利のラスクを買って持ってきた。

しかし、これは表向きのことで、内心は亡き文乃とどういう関係なのかを確かめるためだ。さらに工藤健吾が、文乃の遺品の硯箱の中にしまわれていた高級鉛筆・カステル9000番の持ち主と思われる「くどう　ひろゆき」と、何らかの関係があるのではないかという期待もあった。

工藤家はすぐに見つかった。香典袋には電話番号の記載まではなく、訪問したはいいが留守で無駄足になる可能性もあったが、幸い夫人らしき四十前後の女性が玄関に出てきた。

挨拶して来意を告げるうちに、当の工藤健吾氏もやってきて「どうぞおあがりくださ い」と、快く居間にとおしてくれた。

居間は、縁側に面した落ち着いた感じの和室だった。開け放たれたガラス戸の外にはよく手入れされた庭がある。そこには小さな泉水が設(しつ)えられており、そのほとりに花菖蒲(はなしょうぶ)が咲き乱れていた。紫の花に交じって、ぽつりぽつりと黄色い菖蒲も咲いている。

工藤健吾は、四十代半ばの穏やかそうな人物だった。頭髪は半ば白くなっているが、日に焼けて頑健そうな体つきをしている。そういえば家の隣に納屋らしき建物があったので、農家なのかもしれない。

史郎は弔問に来てもらった礼を述べたうえで、持参した手土産を差し出した。そして五万円もの香典に恐縮している旨を伝え、さりげなく祖母とのかかわりを尋ねてみた。

健吾氏は、「どうもご丁寧に」と感謝するいっぽうで、

「申し訳ありませんが、香典の件は五年前に他界した義父の遺言で、私も詳しい経緯は知らないのです。亡きお祖母様には大きな恩があるとかで……どうか遠慮なさらず、お納めください」

と、すまなさそうに言い、改まって頭を下げた。

聞けば、健吾の言う義父というのは、健吾の妻・弥生(やよい)の父親で享年七十六歳。文乃とは同年配ということになり、互いに顔見知りであったようだが、何らかのサークルで一緒だったとか、特に仲良くしていたなどの事実はなさそうである。

名前も裕次郎(ゆうじろう)といい「ひろゆき」ではない。

史郎は相手の気持ちを汲(く)んで、香典はそのまま受け取っておくことにした。

「では、お義父様の仏壇に、線香をあげさせていただけますか」

礼儀だと思って申し出た。

まさか五万円もの香典が、故人の遺言によるものだとは考えもしなかったが、家族にも理由を伝えなかったということは、知られたくない事情があったのだろう。

――釈然としないが、これ以上の詮索(せんさく)はやめておこう。

案内された仏壇には、写真が二枚立てかけてある。一枚は工藤裕次郎と思しき白髪の年配男性、もう一枚は小学校低学年くらいの男の子の写真だ。よく見ると、位牌も二つある。

「あの、こちらのお子さんは」

傍らに控えていた健吾に思わず尋ねると、

「その子はひろゆきといって、私どもの長男です。十年前に水の事故で亡くなってしまって」

子どもの名前は、「工藤裕幸」享年八歳……。

「そ、それは……こんなに小さい時に亡くなられたとは、お気の毒なことでした」

探していた裕幸が故人であったことの動揺を抑えつつ、さらに観察すると、仏壇の写真の前には故人たちの遺品と思われる品々が、きちんと並べられて置かれている。

工藤裕次郎の写真の前には、特徴的な眼鏡があった。見る角度によって、レンズの反射光が青や緑、赤みがかった紫などに変化して見える。たとえていうなら、祖母の硯箱の螺鈿細工に嵌め込まれていた貝のような虹色だ。

裕幸の遺品は、小学生らしい青いペンケースだった。蓋が開いていたため、自然と中身も目に入る。

史郎は、思わず息をのんだ。ペンケースの中で、消しゴムや定規などと一緒にきちんと揃えて並べられていたのは、6Bの高級鉛筆・カステル9000番だった。文乃の硯箱の底にあったのとまったく同じ鉛筆だ。

怪訝（けげん）そうな面持ちでこちらを見ている健吾の視線に気づいた史郎が、

「僕は文房具のバイヤーをしているので、よくわかるんですが、裕幸くんはとても良い鉛筆を使っておられたのですね。この鉛筆は、ドイツの老舗文房具メーカー・ファーバーカステル社のトップセラーです。お父様が選んでらっしゃったのですか」

と尋ねると、健吾は頭を搔（か）いた。

「いやあ、私はそういうことには疎（うと）いんですが、亡くなった義父が文房具にこだわりのある人で、孫の裕幸にも、吟味したものを買ってやっていたようです——もしかしたら榎本文房具店さんに注文して、取り寄せてもらっていたのかもしれませんね」

それはありうる。この高級鉛筆は、どこにでも売っている代物ではない。その点、文乃は顧客の要望に真摯（しんし）に対応していたから、店に置いていない品物でも文具メーカーからよく取り寄せていた。

義父の裕次郎は、榎本文房具店に時々やってくる客だったようだ。だから当然、文乃とも顔見知りだったのだろう。

もっともそれだけで、相手の死にさいして五万円もの香典を前もって手配しておくというのは、どう考えても尋常ではないが。

「裕幸も、この鉛筆をたいそう気に入っていましてね。義父の受け売りだったんでしょうけど、他のメーカーの物なんか使いたくないと言うほどでした。そのくせ、宿題なんかをやっている時には、鉛筆の芯をポキポキ折ってばかりいて――今でも、昨日のことのように思い出します」

健吾は、懐かしそうに言った。

――おばあちゃんの硯箱の鉛筆も、この子の持ち物だったのだろうか。

「あんなことさえなければ……」

仏間から居間に戻ると、健吾は息子の死の経緯を語り始めた。

十年前のちょうど今頃――小学三年生だった裕幸は、五月の連休中に、この自宅から五百メートルほど離れた用水路に転落して溺死(できし)した。用水路は前日の夜の大雨で増水して流れも速かったうえ、運悪く周囲には誰もいなかったようだ。

柵も設置されていたが、裕幸はそれを乗り越えようとして、過って落ちたらしい。

ちょうどその時、弥生夫人が湯呑み茶碗を載せた盆を持って居間に入ってきた。

「私のせいなんです。あの子が死んだのは」

彼女はそう言うと、悲しそうに庭に視線を投げた。紫の群生のなかで、ところどころ浮かび上がる黄色い菖蒲が鮮やかだった。


裕幸は死の前日、友達に心ない言葉を投げて泣かせてしまったことで、母の弥生に注意され、口論になっていた。

裕幸は幼いころからサッカーが好きで、よく友達と一緒に遊んでいた。小学校に上がった年から地元のサッカークラブに通い始め、二年生に上がる頃には、小学校低学年組のレギュラーに選ばれていた。

そんな折、ゴールデンウィークに京都府下でのサッカー大会が行われたのだ。

裕幸はもちろん、レギュラーとして張り切って出場した。

弥生は他の親たちと一緒に弁当を作り応援に行っていた。

ところが順調に勝てると思っていた第一試合で、双方、なかなかゴールを奪えず、無得点のまま終盤を迎えた。そして味方チームの少年のひとりが、相手選手にボールを取られてゴールを決められるという痛恨のミスをした。

この得点により勢いに乗った相手チームはさらに得点を重ね、結局、裕幸のチームは初戦敗退となった。

裕幸はよほど悔しかったのか、負け試合のすぐあとで頭に血がのぼっていたのか、みんなの目の前で、

「何やってんだよ。負けちゃったじゃないか」

と、ミスをした少年を大声で責め立てたのである。

責められた少年は、泣きながら「ごめんよ、ごめんよ」と謝っていた。

弥生はこの少年を知っていた。名字は忘れたが下の名前は善彦(よしひこ)といい、みんなからは「よっちゃん」と呼ばれている。ちなみにこのクラブ活動では、子どもたちの親も運営によく協力していて、今日もほぼ全員の親が来ていた。ただ善彦の両親は、仕事が忙しいという理由で活動にはほとんど参加せず、今日も来ていない。そのせいか、善彦が心細そうに見えた。

弥生は普段から、子ども同士のやり取りにはあまり口を挟まないようにしていたが、

遠巻きに固まっている周囲を縫って二人に近づくと、

「やめなさい、ひろちゃん。よっちゃんだって、一生懸命やったんじゃないの。人のミスを責めるんじゃありません」

「だって……負けたからもう試合はできないじゃないか。僕はもっとプレーしたかったのに。よっちゃんのせいだよ」

裕幸は納得できない様子でむくれている。

「裕幸。あなたはミスをしたことがないって言うの。そうじゃないでしょう。ね、よっちゃんに謝りなさい」

「嫌だ。僕は悪くないもん」

裕幸は、ぷいとその場を離れてしまい、弥生はその場で善彦に謝った。

その後、裕幸はひとりで帰ってしまったようで、帰宅後も口を利かなかった。

ちょっと前までは素直でかわいい子だったのに——裕幸が最近なにかと口答えをし、心なしか母親の自分と距離を置くようになったことが、当時の弥生は気になっていた。

「どの子どもにもある反抗期だよ。あの子もそうやって、だんだんと自立していくんだ」

夫の健吾はそう言ってくれた。それも理屈ではわかるのだが、弥生は何となく寂しい気持ちを持て余していた。

翌日は、近隣の高齢者施設のスタッフが訪ねてくることになっていた。

以前、父、裕次郎の知り合いの入居者を自宅に招いたことがあって、その人が庭の菖蒲の花がきれいだとたいそう褒めた。それが施設のスタッフにも伝わり、花をいくらか分けてやる約束をしていたのだ。

ところが当日になって、弥生は夫の健吾と急用で出かけることになった。同居していた裕次郎も朝から囲碁の集まりに出かけていたため、弥生は裕幸に頼んだ。この時にはもう、機嫌を直していると思っていた。

「ひろちゃん、ママたち出かけることになったから、施設の人が来たら、庭に咲いているお花を五、六本切って渡してあげてくれる？」

そう言って、居間に呼んだ息子に花切り鋏(ばさみ)を渡した。それ以前から、この季節になると庭には紫色の見事な花菖蒲が咲いていた。しかしこの年はどうしたことか、紫の群生の中に一輪だけ、鮮やかな黄色い菖蒲が咲いており、弥生はその花を見るたびに心が安らいだ。

そこで、

「でもね、ほら、あそこに咲いている黄色い花だけは切らないでほしいの。ママ、あのお花が好きなのよ。紫の花はいくらでもあげていいからね」

と、念を押した。

「うん。わかったよ、ママ」

裕幸は普段と変わらぬ様子でそう約束し、夫婦は出かけて行った。

安心して出かけた弥生だったが、数時間後に帰宅して庭を見ると、お気に入りの黄色い菖蒲が無くなっているではないか。

弥生の脳裏に、昨日のサッカーの試合後の出来事がよみがえった。昨日、叱ったことを、裕幸はまだ根に持っていたのだろうか。それで悪意を持って、わざと黄色い花を切ったのか。出かける前は、何事もなかったかのように素直にふるまっていたのに……。

――いいえ。あの子は、そんなことをするような子じゃない。

弥生は即座に、浅はかな考えを打ち消した。これは何か、行きちがいがあったのかもしれない。いや、もしかしたら先方が、ことさら黄色い花を欲しがったとか……。

居間にある電話の受話器を取り、今日スタッフが訪ねてきたはずの高齢者施設に電話をかける。

電話口で名乗ると、すぐに話が通じ、電話に出た施設の職員の女性は、貰った花は公共スペースに飾っていて、入居者がたいそう喜んでいると感謝した。

「私どもは急用がありまして、庭の花を何本か切って差し上げるよう小学生の息子に言いつけて出かけたのですが、粗相などはありませんでしたか」

弥生が尋ねると、先方の女性は「とんでもありません」と否定したうえで、

「伺ったスタッフの話では、とてもしっかりした息子さんで、ちゃんと挨拶をしてくれたうえで庭に降り、自分で花を選んで渡してくれたそうです」

「その中に、黄色い花が一輪ありましたか」

「はい。坊ちゃんが切ってくれたそうで、とてもきれいですね」

弥生はうわの空で挨拶すると、受話器を置いた。

抑えつけていた疑惑が確信に変わった。裕幸は弥生への仕返しのために、気に入っていた黄色い菖蒲を切り取ったのだ。面と向かって不満をぶつけてくるならまだしも、

——あの子が、こんなことをするなんて……。

突然、裕幸が弥生の知らない別の子のように思えた。

二階の子ども部屋にいた裕幸を呼び出した。その時には、不穏な空気を察知した父親の健吾も、居間にやって来て心配そうに見守っていた。

「裕幸。ママは言ったよね。庭の黄色い花だけは切らないでって。それなのにあんたは、約束を破ったのね」

「えっ……」

裕幸は一瞬きょとんとして、庭の菖蒲と母の顔を見比べた。

「ちょっと待ちなさい。裕幸は……」

あいだに入ろうとした夫を遮って、

「昨日の試合のことを、まだ怒っていたのね。それならそう言ってくれればいいのに」

弥生はつい感情的になった。

「違うよ。だって僕は……」

そのあとの言葉は続かなかった。

裕幸は、束(つか)の間こちらを見つめて唇を震わせたが、やがてくるりと背を向け、バタバタと階段を上って二階の子ども部屋に引きこもってしまった。

　その後、裕幸はこっそり家を抜け出したようで、気がついた時には部屋から消えていた。

　夕方になっても裕幸は帰ってこず、弥生と健吾、そして帰宅して経緯を聞かされた祖父の裕次郎は、手分けして近隣を探した。小学校やサッカークラブの友達の家にも電話をして尋ねたが、裕幸の行方はわからなかった。

　弥生に叱られたことで裕幸が拗ねて隠れていることも考えられたが、心配した家族は警察に捜索願を出した。

　裕幸は、その日のうちに用水路で発見された。

　二度と無邪気に話すこともなく、サッカーを楽しむこともない姿で。


　成り行きとはいえ、夫婦に悲しい思い出を語らせてしまったことを、史郎は後悔し始めていた。不幸な事故だったとはいえ、両親、特に母親の弥生の心中を慮るといたたまれない。

「いま思えば、あの時の息子に悪気はなく、単なる勘違いをしていたのか、もしかしたら何か考え事でもしていて、うっかり黄菖蒲を切ってしまったのだと思います。

時々、私たちには意味の分からない、微妙にずれたことを言ったりするようなことがありましたから」

その口調は寂しそうではあったが、苦痛や後悔に苛まれているふうではなかった。苦しみを乗り越えて、記憶の中の裕幸を愛情をもって見守っているかのようだった。

たとえば裕幸は、サッカー関連のテレビ番組は必ず観ていたが、オリンピックの中継があった時に一度だけ、試合の途中で興味を無くして観るのをやめ、チャンネルを変えてしまったことがあった。

弥生が理由を尋ねると、

「ごちゃごちゃしていて、どれが味方なのかわからないよ」

と、言うだけで、それ以上説明することはできなかった。

「あれはたしか、二〇一二年のロンドンオリンピックだったかな」

健吾も記憶をたどっているようだ。

「対戦国はブラジルと、中南米のどこかの国だったか……サッカーの試合なんて、誰が見ても敵味方入り交じってごちゃごちゃしてるよな。裕幸はまだ七つだったし」

「でも他の試合は、始めから終わりまで全部観ていたのよ」

両親は、懐かしそうに回想する。

「裕幸が亡くなった時は、あの子の行動について、じっくり考える余裕はありませんでした。あの子が私に対して怒りを覚えたまま死んだと思うと、自分が許せなかったんです」

弥生は裕幸と、じっくり話し合って仲直りしたかったのだろう。

「この手紙が見つからなければ、私は自殺していたかもしれません」

彼女はそう言って、仏壇の引き出しから二つ折りにした便箋を取り出した。

封筒はなく、代わりに、その白紙の便箋の裏に「ママへ」と拙い字で宛名が書かれている。本文が見えないように便箋を二つ折りにすると、本来は裏であるその紙面が、表のようにすぐに目に入るのだ。

広げてみると、次のように記されていた。

「ママ。ごめんなさい。よっちゃんをなかせたことは、ぼくがわるかったです。ママのこと、大すきだよ。お花をもってきてあげるね。ひろゆき」

本文は、宛名書きと同じ子どもの筆跡だ。

健吾によれば、この手紙は裕幸の初七日が過ぎて二、三日経った頃、居間のサイドボードの下に落ちていたのを祖父の裕次郎が見つけたものだという。

おそらく裕幸は死の当日、家を飛び出す前に、走り書きしたこの手紙を母の目につくよう居間のテーブルの上に置いていったと思われる。しかし、この時期はいつもそうしているように、庭に面した居間のガラス戸は開け放たれていた。手紙はそこから吹き込んだ風に飛ばされてサイドボードの下に落ちてしまい、裕次郎が見つけるまで、誰も気づかなかったようだ。

裕幸が落ちたと思われる用水路の岸辺——防護柵の内側——には、当時、黄菖蒲の花が群生していた。裕幸は、母のためにそれを採ろうとして柵に上り、落ちたのではないか、と健吾は語った。

「この手紙を読むまで私は、自分も裕幸のところへ行って謝りたいと、そればかりを考えていました。だから、心配してくれる父や夫の気持ちを顧みる余裕もなく……でも、この手紙であの子が、あんなふうに叱られても私のことを嫌ってはいない、大好きだと伝えてくれたことで、私は自分を取り戻せたんです」

工藤家を辞した史郎は、物思いにふけりながら帰路に就いた。

工藤裕幸の素性はわかったものの、結局、彼が文乃とどういう関係なのか、なぜ文乃の硯箱の中に彼のものと思われるカステル9000番があったのかは、謎のままだ。

文乃が子どもと交流を持つとすれば、「客」か「習字教室の生徒」の二択だろう。

しかし文具は祖父が用意していたとのことだし、教室にも通っていなかったらしい。

そう考えると、この二人はどうやら一度も面識がなかったようだ。祖父の裕次郎とは顔見知りだったのだろうが……。

それに夫婦の話に出てきた、裕幸がオリンピックのテレビ中継でサッカーの試合を観戦していた時のエピソードも妙に引っかかる。

あれはいったい、何を意味するのだろうか？

裕幸が途中で観るのをやめたのは、たしかブラジルと中南米のどこかの国の試合だったと健吾は言っていた。

帰宅した史郎はパソコンを立ち上げると、「2012年　ロンドン五輪　サッカー　ブラジル　対戦相手」と入力して検索をかけてみた。

そうこうするうちに、史郎の記憶もよみがえってくる。

ロンドンオリンピックのサッカー大会で、日本は決勝トーナメントに進んだが、残念ながら準決勝でメキシコに敗れ、その後の三位決定戦でも韓国に負けて総合四位だった。

この大会は、メキシコが初優勝という快挙を成し遂げて大きな話題になったのだ。そして検索結果を見ると、優勝候補だったブラジルは、決勝でメキシコと激闘を繰り広げたすえに惜敗している。

メキシコは中南米の国だ。健吾の話とも一致する。

では裕幸が観ていたのは、この時の決勝戦だったのか?

いや、それにしては裕幸の反応も、話を聞かせてくれた工藤夫妻の反応もそっけなさすぎはしまいか。サッカーはメジャーなスポーツだし、オリンピックで世界一を決める決勝戦ともなると、世界中の人々が熱狂的に見守る世紀の一戦である。多少映像が見づらかろうが、最後まで観るのが普通だろう。

それ以前の対戦カードを調べてみると、ブラジルは決勝トーナメントへ駒を進める前はグループCに属し、エジプト、ベラルーシ、ニュージーランドの三か国と総当たり戦を行ってリーグ一位になっている。が、この中に中南米の国はない。

その後、決勝に進むまでの準々決勝でホンジュラスと、準決勝では韓国と対戦している。

このなかで中南米の国といえばホンジュラスしかない。

十一年も前のことだが、ネットではまだブラジル対ホンジュラスの準々決勝の動画が公開されていた。

動画を観た史郎は首をかしげる。

――この試合のどこが、わかりづらいんだ?

動画上ではブラジルチームとホンジュラスチームの選手たちが、敵味方入り乱れて熱戦を繰り広げている。

健吾も言っていたが、サッカーの試合なんて敵味方入り乱れてごちゃごちゃしているという点では、どれも同じはずだ。それなのに裕幸はなぜ、この試合だけ最後まで観るのを諦めてしまったのか。

裕幸は「どれが味方なのかわからない」と、言っていたらしいが、敵味方の区別なら、彼らのユニフォームを見れば一目瞭然ではないか。

史郎の脳裏に、裕次郎の仏壇にあった特徴的な色合いの眼鏡のことが唐突によみがえった。

あの眼鏡には、凹凸がほとんどなかった。では何のための眼鏡なのか。

再度インターネットで、サッカーとは全く関係ない記事を調べ始める。

史郎の脳裏に、ある推測が生まれた。

史郎は、工藤夫妻から聞いた裕幸が溺死したという用水路にやってきた。

用水路の堤には、一・五、六メートルほどの柵が設置されている。健吾の話では、当時も同じような防護柵があったという。

持参した黄色い菖蒲の花束を柵ぎわに手向ける。用水路は、現在では幅も広げられて整備されており、自生していたという黄色い菖蒲も今はない。

史郎が推理した事実関係のなかで、祖母の文乃は重要な役割を担（にな）っていた。いや、影の主役といってもよかった。

合掌しながら、史郎は故人たちの物語に思いをはせる。

ロンドンオリンピックが開催されていた十一年前、サッカーの準々決勝を戦った二チームのうち、ブラジルのユニフォームは黄色であり、片やホンジュラスのユニフォームは青地に白いラインの入ったデザインだった。

テレビ中継されていたその試合の観戦を裕幸が途中で諦めてしまったのは、この二種類のユニフォームの色を見分けることができなかったからだ。おそらく彼の眼には、双方とも茶色に近い色に映っていたのだろう。

裕幸は生まれつき色覚に異常があり、両親はもちろん本人すら、その異常に気づいてはいなかったと思われる。色弱とも呼ばれるこの症状には、いくつかのバリエーションがあり、最も多いのは赤と緑の区別がつかないタイプだが、裕幸の場合は黄色と紫もしくは青が見分けられないという比較的珍しいタイプだったようだ。

また、このような色覚異常は遺伝性のものだが、男性のほうが遺伝する確率が高い。工藤家の仏壇に置かれていた裕次郎の特徴的な眼鏡が気になっていた史郎は、ネット通販で同じ眼鏡が販売されていないか調べてみたところ、それが色覚異常補正眼鏡だということが分かったのだ。

裕次郎が色弱であったならば、孫の裕幸にも遺伝していたのではないかと推測できる。だが裕幸はまだ幼かった。もう少し成長すれば、周囲かあるいは彼自身が何かおかしいことに気づいて色覚検査を受け、異常が判明したかもしれない。

そして運命の日、裕幸は、紫の菖蒲と黄色い菖蒲を見分けることができなかった。

だから母親がなぜ怒ったのか見当もつかなかったが、母のために「黄色い菖蒲が生えている」と、人伝に聞いていた用水路へ向かったのではあるまいか。

そして裕幸の死後、サイドボードの下から見つかったという手紙は、おそらく祖母の文乃が代筆したものだ。

昨日の工藤夫妻の話では、手紙は祖父の裕次郎によって発見されている。彼らは、裕幸が居間のテーブルの上に置いた手紙が風に飛ばされてサイドボードの下に入り込み、発見されるまでずっとそこにあったように思っているが、真相はそうではないだろう。

弥生本人も話してくれたように、裕幸の初七日が過ぎ、葬儀の慌ただしさが少し落ち着いた頃、彼女は自責の念から鬱状態になり始めた。

何をする気力もなくなり、

「私があの時、叱ったりしなければ、裕幸は死なずにすんだのに……あの子のところへ行きたい。そして謝りたい」

と、言ってむせび泣く弥生の姿は、健吾ばかりではなく父の裕次郎も見るに堪えないものだったのだろう。しかし、いくら周囲が彼女のせいではない、これは不幸な事故だったのだと言い聞かせても、最愛の息子を失って嘆き悲しむ彼女の心には響かない。

娘の苦しむさまを見かねた裕次郎は、いろいろ考えたすえ、いつも裕幸の鉛筆を買いに行っていた榎本文房具店の文乃を訪ねた。

孫や自分用の文房具を買いに、たびたび榎本文房具店に足を運んでいた裕次郎である。店の一角で、文乃が子どもたちに習字を教えているのを目にしたことがあったとしても不思議ではない。

だから彼は考えたのだ。習字の先生として、いつも子どもたちを教えている文乃なら、子どもの字の癖をとらえるのに長けていて、亡くなった裕幸そっくりの字で代筆ができるのではないかと。

裕次郎は事情を打ち明け、文乃に懇願した。

「このままでは、娘は自分を責めるあまり自殺してしまう。たまたま親子喧嘩をしてはいたが、孫と娘は本当に仲の良い親子だった。どうか裕幸になり代わって、娘を元気づける手紙を書いてください」

と。

事情を聞いた文乃は、裕幸の字を真似ての代筆を引き受けたのだ。

しかしその手紙を読むのは、裕幸のことを一番よく知っている両親である。特に弥生には、生半可な模倣はすぐに見破られてしまうだろう。

依頼にあたって裕次郎は、娘に疑いを持たせないよう、裕幸が普段から使っていた6Bのカステル9000番を文乃に渡した。

文乃は文乃で「代筆するにあたって、実際に裕幸くん本人が書いた手紙か作文を見て練習したい」と申し出た。その文乃のために裕次郎は、裕幸の国語のノートか、もしくは作文の書かれた用紙をこっそり持ち出して預けたのだろう。

なお文乃は、預かった裕幸の作文などを観察して、彼の筆圧がかなり高めだったことも把握していたと思われる。それは昨日、父親の健吾から聞いた「裕幸は宿題などをやっている時、鉛筆の芯をポキポキとしょっちゅう折っていた」という証言とも一致する。当初は6Bという比較的柔らかめの鉛筆を愛用しているせいだと思っていたが、本人の筆圧もその原因だったのだろう。

文乃は裕幸の文字の特徴ばかりでなく、筆圧にも注意を払いつつ、あの大学ノートで練習したのだ。何度も、何度も……。

そして裕次郎から渡された、これも裕幸の持ち物である便箋に清書し、彼に渡したのだった。依頼を受けてから二、三日後のことだったと思われる。

文乃はその時、手本にした裕幸のノート——あるいは作文——は裕次郎に返却したが、使いかけの鉛筆のほうは、また何かに利用してほしいという裕次郎の意向でそのまま貰っておいたのだ。硯箱に入っていたあの鉛筆は、裕次郎からこっそり渡されて代筆に使ったものだったのだろう。

代筆がデリケートな内容だったからだろう、文乃は裕幸の筆跡を練習書きした大学ノートのページも切り取って破棄したと思われる。だからあの硯箱には、カステル9000番の鉛筆と、白紙の大学ノートだけが残された——そう考えれば辻褄が合う。

そして裕次郎は、文乃から渡された手紙を居間のサイドボードの下から発見したように装い、あたかも裕幸が家を飛び出す前に書いたもののように見せかけたのだ。

裕次郎が健吾に託した五万円の香典も、嘘つきの片棒を担がせてしまったことへのお詫びだったのではないか。

裕次郎はたとえ嘘をついてでも、娘を救いたかったのだろう。だが文乃に「嘘をついている」という自覚があったかどうかは疑わしい。文乃にとって死者の手紙を代筆することは、伝えられなかった母への真実の思いを、裕幸の代わりに伝えることだったのではないだろうか。

裕幸は黄色い菖蒲を摘んで母にあげるために、ここにやってきた——手紙の本当の主が文乃だとわかった以上、それは推測にすぎないのだろう。だが……。

史郎は改めて、防護柵を観察した。小学三年生の子どもの背丈は軽く超えている。裕幸はこの柵をよじ登っていったのだ。それは明確な目的があってのことだったはずだ。そして黄色い菖蒲は、柵の内側の土手に咲いていたという。

——きっと、それが真実だったんだ。

史郎にはそう思えてならなかった。そして心の中で、少年に話しかけた。

——きみは偉(えら)いよ、裕幸くん。たとえ自分のことを理解してもらえなくても、お母さんとちゃんと向き合って、仲直りしようとした。本当に、立派だったね。

「シロちゃん、おるか」

翌々日のこと、叶絵がまた訪ねてきた。

「肉じゃが、ありがとう。美味(おい)しかったよ」

居間に通して、きれいに洗った容器を差し出すと、

「これは、里芋の煮っころがしやけど」

叶絵はそう言って、別の容器を出してきた。

「いいね。助かるよ」

インスタントやスーパーの総菜などがあまり好きではない史郎にとって、時間をかけた煮物などは、なかなか口にする機会がなく、ありがたい。

「それからこれ。節句は過ぎてしもたが、菖蒲湯にでもと思って」

叶絵は、新聞紙にくるんだ茎つきの細長い菖蒲の葉をくれた。

「懐かしいなあ。今頃になると、おばあちゃんがいつもお風呂に入れてくれたんだよ」

子どもの頃は「変なにおいやな」とか思っていたが、今では邪気をはらうといわれる独特の強い香気に、身体の中から力が湧き出るような気がする。

「ところで叶絵さん。この近所で、おばあちゃんがやっていたような子ども向けの習字教室をやっているところはないかな。ここに来ていた子を、ひとり紹介したいんだけど」

「そうやな。心当たりはあるけど——なんなら、良さげな先生を紹介したるわ」

だ。

「ありがとう」

史郎は、もっと習字を習いたいと言っていた七瀬みずほの両親に勧めてみるつもり

叶絵は、思い出したように手を合わせる。

「そや、工藤さんという人のことはわかったか」

史郎は、五万円の香典の件は先代の遺言で、詳しい事情は分からなかった、と答えた。

「さようか。休みもそろそろ終わりやろ。シロちゃんが東京に帰ったら、また寂しなるなあ。仕方ないことやが、姉さんがおったこの家も店も、空き家になってしまうんどすな」

「しばらくはそうだから、叶絵さん、時々来て風を入れてやってよ」

史郎はそう言うと、改めて合鍵を差し出す。

「東京での身辺整理が終わったら、すぐ戻ってくるよ。それまで頼む」

「えっ」

叶絵は驚きつつも喜んだ。

「店を継ぐ気になったんか。えらい急な心変わりやな」

裕幸と文乃との経緯を知って以来、史郎の中で、大手では得られないお客さんとの直接的なかかわりを、もう一度見直してみたいという気持ちが膨らんでいったのだ。

文乃は悩み苦しんでいる客と誠実に向き合い、自分にできる最大限の手助けをやり遂げた。真相に批判的な人もいるだろう。けれど史郎は素敵だと思った。祖母の真摯な気持ちがわかって、本当によかった。

文房具を買いにくる生身のお客さんと、相手の顔を見てかかわり合いたい。文乃がそうだったように。

その後、菖蒲湯につかってくつろぎながら、史郎は早くも、榎本文房具店のリニューアルオープンの計画を練り始めていた。

第二話▼黄金の夜明け

祖母、文乃の四十九日の法要と京都への引っ越しが終わって気分的にも落ち着いた頃、榎本史郎はいよいよ本格的に文房具店のリニューアルオープンに向けて準備を始めた。

と、いってもUターンしてきてからまだ十日と経っておらず、荷解きも終わっていない状態なのだが、文乃が入院中から店を閉めていたこともあり「いつ営業を再開してくれるんや」と、声をかけてくれる商店街の人たちもいて、なるべく早くオープンしたかったのだ。

文具のバイヤーとして働いていた東京の勤務先では当初、引き留められ、退職届が受理されたあとは残務整理や引継ぎなどもあって結局、ひと月以上かかってしまった。もともと好きな仕事だったし、職場の上司や同僚たちと別れるのは嫌だったが、文乃が遺した榎本文房具店を消滅させるわけにはいかないと決心していた。

これまでの経営状況は、保管してあった注文書と在庫からある程度把握できた。それによると、文乃は堅実に利益を上げていたようだ。

その堅実路線は今後も引き継ぐつもりだが、史郎は新装開店にあたって、まず店内の模様替えをした。これまでは鉛筆、消しゴム、習字練習用ノートなどのバリエーシヨンが豊富で、その他の商品は無難な量産品が多かった。習字教室をやっていたからだろう、品揃えに関していえば、文乃は子ども用の文房具にシフトを置いていたようだ。

それらはそのままに、史郎は新たに万年筆やシステム手帳など、ビジネスマン世代の文具スペースを作った。ゼブラが出しているサラサは百円程度で手に入るのに良質で使いやすく、愛用している人も多い。それ以外に、ノベルティとして配布しているようなペンも愛着を持つ人が多く、現代人の価値はブランドや技術の高さではははかれない。けれど、文房具を吟味する愉しみを知ってもらおうと、高級感と良質な書きやすさを併せ持つモンブランや極限まで無駄を削り究極の機能美を追求したラミーなどいくつかこだわりの万年筆を入荷した。

ラミーはドイツのハイデルベルクに拠点をおく筆記具メーカーで、代表商品であるラミーサファリは史郎も愛用している万年筆だ。単色で極力装飾を加えないシンプルなデザインが多いが、豊富なカラーバリエーションがあり、軽量で丈夫な樹脂製ボディとワイヤー製のクリップが特徴だ。カジュアルウェアと合わせやすいデザインのため親しみやすく、初めて万年筆を選ぶお客様にも人気がある。ちなみに近年はパイロットから出ているカクノという万年筆が、サファリよりも安価なことよりカジュアルなデザインのため、気軽さが人気となって手に取る人も多い。

史郎が愛用しているのは老舗文房具店・伊東屋限定で販売されたサファリだ。マット加工の施されたニュアンスグレーの軸は握り心地がよく、クリップは素材である銅の色をそのまま活かしたカッパーカラー。そしてブラックのペン先から伝わる安定した書き味――それらすべてが、落ち着きある大人の雰囲気を醸し出しているのだ。

さらに取引先の文具メーカーへの代替わりの挨拶と今後の商品の仕入れの交渉、チラシの作成など、やることは無限にあった。

そして夏も本番になった七月下旬のこと、榎本文房具店は四か月ぶりに営業を再開した。

伏見大手筋商店街に店舗を構える隣人たちの協力もあってか、最初の一週間、文房具店は冷やかしも含めた買い物客や子どもたちで賑わった。甘味喫茶ＮＡＮＡＳＥの小学生の娘、七瀬みずほは数人の友達を連れてきてくれた。

史郎は先日、祖母に習字を習っていたみずほのために、新しい習字教室を紹介していた。尋ねてみると、今ではそこで友達と一緒に楽しく練習しているという。

そしてその賑わいも少し落ち着いた頃、ひとりの女性が店先に佇（たたず）んでいるのが目に留まった。五十代後半に見えるおっとりした感じの細身の女性で、茶色の夏用ワンピースに、同系色のベージュの日傘を差している。

彼女は入口のガラス戸から、遠慮がちに店内を観察しているようだ。

空調のきいた店内にいた史郎は、戸口に近寄って引き戸を開けると、

「暑いですね。よろしかったら、お入りになってご覧ください」

と、声をかけた。

女性は軽く会釈をすると、丁寧な仕草で傘をたたみ、史郎について店に入ってきた。どことなく育ちの良さを思わせるその物腰に、一瞬「お金持ちの専業主婦かな」と思ったが、彼女の次の一言で考えを改める。

「私、食堂を運営している者ですが、そこで使うホワイトボードを探しているんです。こちらにありますでしょうか」

ホワイトボードなら、数種類のタイプを取り揃えている。

「はい。ございますが、どのようにお使いになるのですか」

「メニューを書くのに使います。日替わりで一日に二、三種類しかありませんが」

　そこで、女性は笑顔を見せた。

「じつは、うちは子ども食堂なんです。アーケード街ではないのですが……御香宮神社の裏手にある『めだかの家』って、ご存じですか」

　史郎はその食堂を知っていた。

　この界隈（かいわい）も上京した十三年前とは様変わりしているので、引っ越してきてから暇を見つけては近隣を散策し、以前はなかった新しい店や施設などを見てまわるのが愉しみなのだ。御香宮神社の裏手でめだかの家を見つけて興味を惹（ひ）かれはしたものの、子ども食堂とわかると大人ひとりで入ってゆくのも憚（はばか）られ、店内に足を踏み入れたことはない。

　そう話すと、

「お察しのとおりです。うちでは、いろいろな家庭の事情で満足に食事のできない子どもたちのために、一食二百円で料理を提供しているもので——すみませんが、一般のお客様はご遠慮いただいているのですよ」

と、ちょっとすまなさそうに教えてくれた。

「とんでもない。頭が下がります」

彼女が「食堂を経営している者です」ではなく、「運営している」と言ったことに、いまさらながら納得する。

「それで、なるべく子どもたちが安心して楽しく食事のできるようなお店にしたいと心掛けているのですが——ホワイトボードはイーゼルに立てかけて、見やすいように食堂の入口に置きたいんです」

女性は、これまでは使い古しの小さな黒板を店内の壁に掛けて使っていたが、それでは印象が暗く見づらいので、ホワイトボードを購入することにしたのだ、と説明した。

「イーゼルに立てかけるのであれば、両手で普通に持てるくらいのものがいいでしょうね」

史郎は会計カウンターの後ろの棚から、ホワイトボードの見本品を二種類取り出し、カウンターに並べる。シンプルなシルバーフレームのボードと、木枠のついたボードで、双方とも四十七×三十二センチだ。

「どちらも黒、赤、緑の三種類のマーカーとイレイザー付きですが、子どもさんがいつも目にするものなら、こちらのウッドホワイトボードをお勧めします。この茶色いナチュラルな木目が、自然な温かみを醸し出しています」

史郎はボードの木枠を指して説明する。

「そうね。そう言われると、もう一方とは印象が全然違って見える……なんだかほっとしますね」

「あと、このウッドホワイトボードにはマグネットも付いていますから、これを使って記入したメニューの横にお料理のイラストなどを貼れば、お子さんたちにもわかりやすいと思いますよ」

カウンターの商品の横に、同じ木製のマグネットが数個入ったビニール袋を置いて見せた。

「素敵だわ。その木枠のほうにします。ありがとうございます」

子どもたちの喜ぶ顔を思い浮かべたのか、女性はうれしそうだ。

史郎は見本とは別に、ビニール袋に包装された販売用の同じ商品を取り出して手提げ袋に入れた。

だが会計をすませても、彼女はなんとなく店に留まってもじもじしている。

——何か聞きたいことでもあるのかな。

そう思っていると、

「……あのう、いきなり失礼ですが、榎本さんは東京の老舗文房具店・文林堂のバイヤーさんでいらしたんですよね。古い万年筆のことなんか、お詳しいですか」

と、改まって聞いてきた。

商店街のどこかで耳にしたのだろうが、こちらの経歴をよく知っている。

やはり何か事情があるらしいと察した史郎は、

「よろしければ、こちらへどうぞ」

と、店の奥の接客スペースに案内した。

彼女は、宮園友里恵と名乗った。

五年前に夫を病気で亡くしたが、彼が遺してくれた財産や遺族年金などによって生活に困ることはなく、二人の子どももすでに大学を出て社会人となっていたため、地域のボランティア活動に取り組んでいた。

そして二年前、その活動で知り合った仲間数名と支援者を集めて始めたのが、子ども食堂・めだかの家である。

「じつは今、食堂は経営難に陥っていて、もしかしたら閉店に追い込まれるかもしれないんです」

友里恵は、史郎が出した冷たい麦茶をすすりながらため息を吐く。

めだかの家は、オープン当初から盛況で、子どもたちもすぐにスタッフに懐いて頻繁に足を運ぶようになった。親たちからも感謝された。

非営利団体のため、地元の農家から食材を分けてもらったり、企業からも寄付を募ったりして、常に資金提供をしてもらいながら運営していた。

三か月前に食堂に厚意的でオープン当初から継続寄付をしてくれていた某服飾メーカーが不況のあおりで倒産し、寄付も打ち切りとなってしまったのだ。

もちろん、ほかにも援助してくれる会社や個人はいるのだが、いずれも寄付は一時的なもので、継続寄付をしてくれる安定したスポンサーはなかなか見つからない。

友里恵と仲間たちは、人脈を頼っていろいろな企業に相談を持ちかけたが、結果は思わしくなかった。

そんななか友里恵は藁にもすがる思いで、亡き夫・宮園雅彦と生前親しく、今は「株式会社・京楽」を経営している長峰賢人に相談を持ち掛ける。

「あの『京楽』の社長さんですか」

京楽は、京都市内に本社を置く優良ＩＴ企業で全国的な知名度も高く、近々一部上場するという噂(うわさ)もある。東京と名古屋に支社があるはずだが、経営陣は会社の規模をいま以上大きくしない方針らしく、中堅企業ながら着実に利益を上げていた。

長峰社長は、友里恵の話を真面目に聞いてくれた。しかし彼は「心苦しいのですが」と前置きしたうえで、

「弊社には、各方面から少なからず寄付の要望が寄せられていますが、会社の方針として、一律お断りしています」

と、丁重に断った。

満足に食事のできない子どもたちの力になりたいという、友里恵たちの取り組みには共感を抱いてくれているようだったが、長峰には、競争の激しいＩＴ企業の経営者としての立場もあるのだろう。そう思った友里恵は、それ以上、無理に頼んだりはしなかった。

そのあとは雑談になったが、長峰は久しぶりに親友だった雅彦のことが懐かしくなったのか、彼の妻だった友里恵に、むかし雅彦から貰ったという愛用の万年筆を胸ポ

ケットから出して見せてくれた。

「とてもきれいな万年筆ですね」

友里恵が感嘆したのは、お世辞ではなかった。

その万年筆は、やや太めのボディの尻軸からペン先に向かって——キャップは天冠から胴側に向かって——黒紅色から鮮やかな緋色(ひいろ)、さらに黄金色へと、まるで刻々と移り変わる夜明けの空の色を思わせるようなグラデーションがかかっていた。

「雅彦からこれを貰ったのは、もう二十三年も前のことになります」

長峰は、若い頃の自分と親友を回想しているようだ。

「奥さんは、雅彦からこのペンのことを聞いたことはありませんか」

そう言われて気がついたが、二十三年前といえば自分たちはもう結婚して一緒に暮らしていたはずだ。けれど、友里恵には全く心当たりはなかった。

そう答えると、

「そうですか。やはり奥さんも、ご存じではなかったのですね」

長峰は、困ったように眉根を寄せる。

「じつは今、この万年筆のことで少々、思い悩んでおりまして」

二十三年前のある日、互いの仕事帰りに誘い合って飲みに行った時のことである。

「もしよかったら、これ、使ってみないか」

雅彦は、いつものように屈託のない気軽な調子で、長峰に万年筆の入った化粧箱を手渡した。

その場で箱を開けた長峰のほうも、

「おおっ。なんか、かっこいい万年筆だな」

と、喜んで受け取った。

当時、筆記具の類に関してまったくの素人だった長峰は、その万年筆の価値について深く考えることはなかった。雅彦本人にしてからが、いつも身に着けているのは、どこにでも売っているリーズナブルなパイロットのペンだった。加えていつもと変わらぬ彼の気さくな態度――それを見て無意識に「その程度の品」と思い込んでしまったのだ。

ところがつい先日、たまたまパソコンでネットオークションを閲覧していたところ、古いモデルだが未使用の万年筆が競売にかけられているのが目に入った。二十三年前に雅彦から貰った万年筆と、まったく同じものだった。

長峰は目を疑った。万年筆には、十三万五千円の値がつけられていたからだ。そして間もなく、その値段で落札された。

驚いた彼は、そもそも二十三年前、その万年筆がいくらで売られていたものかを調べてみた。結果は十万円。現在、値が上がっているのは、ペン先と軸の一部に使われている金――正確には十八金――の高騰によるものと思われる。

あの時、雅彦は、これが価値のある特別な万年筆だということを、ひとことも言わなかった。なぜ彼は黙っていたのか？

物に頓着せず、筆記具に対してもあまり興味のなさそうだった雅彦が、高価な万年筆を買って贈ってくれたことに違和感を覚える。

今となっては、彼に尋ねることもできない。

長峰は友里恵に提案した。

「ご主人から、気づかぬうちに高額な品を受け取っていたこともありますし、もし奥さんがそのあたりの事情を調べてくださるのなら、子ども食堂の継続寄付の件、何か方法がないか考えてみましょう」

友里恵は、困惑気味に語り終えた。

「先ほども申しましたが、主人が長峰さんに万年筆を贈った当時、私たちは結婚して子どもも生まれていました。月々の給料を全部私に預けて、家計を任せてくれるような夫でしたが、あの人がそんな高額な買い物をしたという心当たりが全くありません。おそらく長峰さんにあげた万年筆の代金十万円は、彼個人のへそくりから工面したんだと思います」

友里恵の話を聞くかぎり、雅彦は家族思いの堅実な人物だったようだが、そんな彼が妻に内緒で長峰社長に高額な万年筆をプレゼントとは、なにかよほどの事情があったのか。

史郎は、念のため確認する。

「失礼ですが、ご主人は生前、高額商品を衝動買いしたりするような一面をお持ちでしたか」

案の定、友里恵はきっぱりと首を振った。

「いいえ、そんなことはありません。主人は穏やかで慎重な人でした。家計に響くような高額な出費については、いつも私に相談してくれました」

「先ほど、月々の給料とおっしゃいましたが、お仕事は何を」

「公立中学校の教員です」

雅彦は大学卒業後に京都市内の中学校に社会科担当として赴任し、それからずっと教職を続けた。生徒をぐいぐい引っ張っていくような派手なタイプではなかったものの、いつも親身になって彼らの相談に乗っていたためか、卒業後もよく教え子から手紙がきていたという。

若い頃は異動も多かったが、三十を過ぎてから赴任した学校には二十五年近く勤めたそうで、新聞部の顧問として熱心に部活動も指導していたらしい。

「そうそう、その新聞部でOB訪問企画というのがあって――社会人になっていろいろな方面で活躍している卒業生たちのインタビューを記事にして連載するんですが――そうして発行した新聞の一部が、近畿地方の新聞コンクールで入賞したこともあったんですよ」

友里恵は懐かしそうに亡き夫の思い出を語った。

「それはすばらしいですね。ですが、そういう真面目な人ならなおさら、長峰社長に贈った万年筆も、何らかの確たる理由があって購入なさったのでしょうね」

友里恵も頷く。

「主人はいったい、何を考えていたのでしょうか」

史郎は、手元のタブレットを操作した。友里恵から件の万年筆の特徴を聞いた時、メーカーの見当はついていた。

「長峰社長が見せてくれたのは、この万年筆ですか」

タブレットの画像を見せる。

友里恵は目を輝かせ、「そうです。たぶんこの万年筆です」と、頷いた。

それは今から二十三年前――西暦２０００年に発売された英国の老舗万年筆メーカー・プレミアム社の限定モデルだった。

「現在でも毎年、新作を発表している人気シリーズ『レジェンド・オブ・キング』の初期の作品で、『ゴールデン・ドーン』という名前がつけられています。外見が美しいだけでなく、しっくり手になじむ太めのボディをしており、書き味も非常に滑らかです」

さらにゴールデン・ドーンのペンポイント――ペン先のことだが――は「長刀研

ぎ」といって、先端部を急な斜面のように研ぎあげ、それに続く腹の部分はなだらかに研磨されているという特殊な作りになっている。これによって、文字を書く時、横線は太めに縦線は細く書け、縦書きをするさいのトメ、ハネ、ハライが美しく書ける、という特長があった。

「手書きを重んじる人にとって、手で書く文字の温かみ、美しさを最大限に引き出してくれるような万年筆、と言えるでしょうね」

ちなみに二十三年前は『ゴールデン・ドーン』と対になる形で『トワイライト・パープル（紫の黄昏(たそがれ)）』という同デザインで色違い――茶色から紫、そして白金色へと変化するグラデーションが入っている――の万年筆も同時に発売されており、双方とも当時の万年筆ファンの垂涎(すいぜん)の的であったという。

「やっぱり、たいそう価値のあるものなのですね」

友里恵の口調には不安がにじんでいた。自分の知らない夫の一面を見たような気がしているのだろう。

ちなみに現在では、モンブランやティファニーなどのハイブランドからは二十万を越える万年筆も出ている。当時の相場が一ドル百十円程度で現在と比べて円高だったことを考えると、これらと同程度の価値があったことになる。職人が一本一本、手作りしたクオリティの高さが理由だろう。

　史郎はしばらく考えていたが、

「ご主人が長峰社長に贈った万年筆は、誕生日とか結婚祝いとか、その類のプレゼントではなかったのですね」

　と、念を押す。

「はい。そういうことでは全然なかったと。だから、そんな改まった高額なプレゼントを貰ったという認識すらなかったと、長峰さんもおっしゃってました」

「しかし、文具に十万円といえば大金です。ご主人にはゴールデン・ドーンの素材とか色味について、何らかの思い入れがあったのかもしれません——ご主人と長峰社長は長年のご友人ということですが、仲よくなったきっかけとか、お二人のあいだで何か特別なことがあったとか、そういった話を奥さんはご存じですか」

　友里恵は記憶を探っているようだ。

「……そういえば長峰さんと主人は同じ大学だったんですが、そこの山岳サークルで仲良くなったとか」

——長峰はね、僕の命の恩人なんだよ。山での経験が豊富だった彼にとっては、些細な出来事だったのかもしれないが。

一度、雅彦は当時の経験を話してくれたことがあったという。

大学三年の夏、山岳サークルの活動で北アルプス・穂高連峰に登った時のことである。

二泊三日の予定を組んで出発したメンバーたちだったが、二日目の午後に涸沢岳を登攀中、雅彦は険しい山肌を滑落して足首を骨折してしまった。

メンバーは雅彦を介助しつつ、その日宿泊を予定していた穂高岳山荘へ向かったが、彼の足の容態は急激に悪化し、いくらも経たないうちに歩くのすら困難な状態になった。雅彦を連れて全員が山荘へたどり着くのは、もはや無理だった。

しかも午前中は快晴だった天候が急変して小雨交じりの風が吹き始め、それがどんどん強く激しくなってくる。夏だというのに、寒さすら感じ始めた。

携帯電話が普及していない当時、山岳救助隊に救援を要請するためには、山荘か山小屋まで行って、そこに設置された固定電話を使うしかない。

話し合いの末、応急処置を施された雅彦とその付き添いひとりを残して他のメンバーは山荘へ向かい、そこから救援を要請することになった。

その時、自ら志願して残ってくれたのが長峰だったのだ。彼は登山好きの両親の影響で子どもの頃から山に親しみ、高校時代にはすでに、かなり険しい山岳への登頂経験もあった。

二人はその場で待ち続けたが救援はいっこうにやって来ず、悪化するいっぽうの天候のなか、ついに日が暮れた。

あとでわかったことだが、仲間たちは無事山荘に到着したものの、連絡を入れた山岳救助隊からは「登山道を強風が吹き荒れていて危険なため、現地まで救助に行くのは翌日になる見込みだ」と言われていたらしい。

万がいちのことも考えて、夜営の装備は準備してあった。二人はテントの中で一夜を明かすことになる。

雅彦は心細かった。それ以上に、サークルのみんなが前々から楽しみにしていた穂高連峰登攀を、自分が骨折してしまったために中断しなければならなくなったのが申し訳なかった。

すでにあたりは真っ暗で、テントは強風に揺れ、時折猛烈な雨に叩(たた)かれた。

――救助が来る前にテントごと飛ばされたら、長峰まで巻き添えにしてしまう。

不安と落ち込みが顔に表れていたのだろう、

「そんな景気の悪い顔をするなよ、雅彦」

声をかけた長峰の表情は、場違いに明るかった。あるいはわざとそんなふうに振舞っていたのかもしれないが。

「山ではな、こんなことは日常茶飯事なんだよ。怪我のことは気になるけど、無理をしなければ大丈夫。明日の朝には救助隊がくるって」

「でも、せっかくみんなが楽しみにしていたのに……」

「また来ればいいじゃないか。次は槍ヶ岳に挑戦だ」

それからも悪天候の中、長峰は愚痴もこぼさず弱音も吐かずに、雅彦を励まし続けたのだった。

その後、幸いにも大事には至らず、長峰の言ったとおり天候が回復した翌朝、二人は揃って救助されたという。

――だから僕は、彼がもし窮地に陥るようなことがあったら、必ず助けようと決めているんだ。

と、雅彦は語ったという。

「なるほど」

史郎は、興味深げに頷いた。

「もしかして、ご主人が万年筆を贈った当時、長峰社長に何か特別な出来事があった、ということは考えられませんか。何かの事情で悩んでいたとか、仕事で重要な決断を迫られていたとか」

友里恵は首をかしげたが、長峰さんに聞いてみます、と約束した。

「あと、すみませんが一度、その万年筆の現物を見てみたいのですが」

「わかりました。それもお願いしてみます。長峰さんは、この件にすごくこだわっていらしたようなので、見せてくれると思います」

友里恵はそう言って、帰っていった。

四日後、友里恵から電話があった。史郎に問われた質問を長峰社長に伝えたところ、彼は雅彦からゴールデン・ドーンを貰った当時のことで気になる出来事をいくつか思い出し、詳しく話してくれたという。

長峰の話は、次のような内容である。

雅彦とは、大学を出て社会人になってからも時々、食事をしたり飲みに行ったりしていた。

卒業後、雅彦は京都市内の中学校に赴任し、長峰は起業を目標に持ちつつ東京のIT企業でシステムエンジニアとして働いた。

三十五歳の時、新システムの開発方針をめぐって上司と対立した長峰はこれを機に退職し、京都で念願の新会社「京楽」を立ち上げる。そのさい、彼の方針に賛同した元同僚の技術者たちも何人かついてきた。今から二十六年前のことだった。

仲間と一緒に夢中で働き、それから二年間は順調に業績を伸ばすことができた。

しかし三年目——二十三年前のことだったが——長峰は、思ってもみなかった危機に見舞われる。

一緒に会社を立ち上げた同志である技術者の半数以上が、突然、集団退職してしまったのだ。

青天の霹靂であった。

彼らは理由について一様に言葉を濁したが、あとになって、当時技術面で競い合っていた大手企業が水面下で交渉の末、高額な報酬を提示して彼らをヘッドハンティングしていたことが判明した。

またそれが原因で、極秘で開発していた新システムの情報もその企業に流れてしまうという、会社にとって二重の痛手となった。

現在ではこのような時、元の会社で知りえた極秘情報を転職先に流出させないよう、しかるべき誓約書を交わすものだが、当時は小規模のベンチャー企業だったこともあり、また長峰も残留組の社員も動揺していたこともあって、そこまで気が回らなかった。

「技術的なレベルの高さはともかく、危機管理面では他社に後れをとっていましたな。当時は顧問弁護士も雇っていなかったので、プロに相談もできなくて。痛恨の極みでした」

長峰は当時のことを、このように述懐したという。

しかし、長峰にとってはそれ以上に、信頼していた仲間の裏切りが大きな打撃となった。

さらに追い打ちをかけるように、私生活でもすれ違いの続いていた最初の妻と離婚。会社は経営難に陥って夜も眠れず、精神的に落ち込む日々が続いたという。京都市に隣接するN市の市役所からの入札情報を目にしたのは、そんな最悪の時だった。

当時はほとんどの官公庁で、役所のデータ管理を電子化する動きが加速していたのだ。

発注元は、N市役所の健康推進課。国民健康保険に加入している一般市民が定期的に受診する健康診断の結果を、紙の台帳から電子データに移行し、以後も適切に運用するためのシステムの構築が求められていた。

入札公告を読むと、魅力的な話に思えた。選ばれれば、システムの構築だけでは終わらずに、その後の保守点検も同一業者に委託されることになる。会社にとっては安定した業務委託であり、それを機に業績を立て直せるかもしれなかった。

しかもN市役所側は、今回の健康推進課のデータ管理の電子化を皮切りに、他部署のデータ移行も順次進めていく予定だという。つまりこの仕事を奪取できれば、他部署も委託される公算が大きい。各部署で使用するシステムを統一した方が、必要に応じて部署同士で効率的な連携が見込めるというメリットがあるからだ。

しかし自社の技術に自信を持ってはいたものの、失敗が常態化していた長峰には、最初から見込みがないように思えた。これまでも官公庁の入札には何度か応募したことはあったが、選ばれるのは常に長年の安定した実績を誇る競合他社だったからだ。

彼は雅彦に電話して、珍しく弱音を吐いた。全く関係のない分野で働いている親友には、本音を晒すことができた。

「今まで精いっぱいやってきたけど、もう限界だ。その入札も、見込みがない気がする。せっかく立ち上げた会社だけど、もしかしたら手放さなければならなくなるかもしれない」

話しながら、自然と涙がこぼれた。

雅彦は余計なことは一切言わずに、黙って聞いてくれた。しかし、話の途中で入札の発注元がN市役所と聞くと、興味を惹かれた様子でその応募方法について何点か質問してきた。

結局、雅彦は、

「せっかくのチャンスなんだから、もう一度だけ挑戦してみたら」

と、ありきたりな励ましの言葉を言って電話を切った。

長峰は自分の不甲斐なさに、ついに雅彦にも呆れられたかと思っていたが、ひと月ほど経った頃、彼から仕事帰りにでも一度会いたいという連絡が入った。

会うと雅彦は、長峰がいつも胸ポケットに挿しているボールペンにあからさまな視線を投げた。

「そのペン、ずっと使ってるよな。好きなのか」

「どこにでも売っていてすぐ手に入るし、安いんだ」

「入札に申し込んだら、役所の担当の人と直接、話す機会があるだろう。社会人として身だしなみを整えるのはもちろんだけど、身に着けるものにも気を使った方がいいんじゃないかな」

また失敗するのを恐れて、いまだに躊躇していた長峰だったが、雅彦のほうでは彼が入札に応募するものと決めてかかっているらしい。

言葉を濁す長峰を尻目に、雅彦は鞄からシンプルな包装が施された小ぶりのギフトボックスを取り出した。

開けてみると、はっと目を引くような美しい万年筆が出てきた。

「この万年筆なら普段使いにもよさそうだし、公式の場での印象もきっと良い。気分転換だと思って、しばらく身に着けてごらん」

それがゴールデン・ドーンだったのだ。

実際にそのペンを使ってみると、外見の美しさはもちろん、その滑らかな書き心地といい、太字に温かみを感じ、すっかり気に入った。心なしか気分も軽くなって、いつも身に着けるようになった。

そして、入札に応募した。

入札公告には、書類選考で選ばれた数社に対してプレゼンテーションを行う旨が記されていた。

自社の技術を鑑みれば書類選考に残る自信はある。

官公庁の管理システムのデータ移行に関しては、競合各社とも提示するシステム、いわゆるソフトそのものには大差はあるまい。新参者のベンチャーが勝ち取るには、たいていは低めに見積もられている役所側の提示した予算内で業務を遂行できるかということと、我々業者側がどれだけ役所のニーズに沿った――あるいはそれ以上の

――オプションを提示できるかということが決め手になるだろう。

役所側はそれを見極めるために、書類による資料の提示だけにとどまらず、プレゼンを行って当事者同士で直接、意見のやり取りをするのだ。

長峰は社員たちの意見も十分に聞きながら、入念に準備した。

そして読みどおり、応募から半月ちょっと経った頃、N市役所からプレゼンテーションの要請がきた。

プレゼンは二回に分けられ、それぞれ日程が組まれている。初回では予算の問題、つまりデータ管理の電子化にあたって、どれだけコストを抑えられるかを問われ、二回目は競合各社が自社肝いりのオプションを披露することになる。

オプションは、インターネット接続サービスや職員研修など、いわば追加的なサービスだ。どの業者がどんなオプションを提示してくるかは、役所側にも予測できない。それだけに、期待も大きいと思われた。

第一回目のプレゼン当日、長峰は会社の草創期からの同志である副社長とともにN市に出向き、役所の会議室で担当者と対峙した。プレゼンは一社ずつ個別に行われるようで、担当者の対面に着席しているのは自分たちだけだ。

他社の動向は知る由もないが、ここまで来たら自分や社員たちが育ててきた会社を信じてプレゼンに臨むしかない。

N市役所側の担当者は、当事者である健康推進課と入札契約課の課長の二人であった。

さすがに緊張したが、長峰らは会社の草創期より、社内システムの業務の効率化に力を入れてきた。何度も改善を重ねて作成した資料を提示しながら、低コストでのデータ移行業務をアピールし、話を終えた。

プレゼンが終わったところで、役所側の担当者のひとりで『田辺（たなべ）』というネームプレートを首から下げた入札契約課の男性が、第二回目のプレゼンテーションの要旨について説明する。彼は説明の終わりに、改まって言葉を継いだ。

「今回の入札で採用されたシステムは、紙の台帳から電子データへ移行すればそれで終わりというわけではなく、メンテナンスや時には改良を加えながら後々まで存続させるものです。N市民はそれによって、自分や家族の健康を管理していくのだということを、心に留めていただきたい」

そこで彼は、メモを取る長峰の手元に一瞬、視線を投げると、次のように締めくくった。

「引き続き、オプションについての次回のプレゼンテーションに臨んでくださるよう、お願いいたします」

『守山（もりやま）』というネームプレートを下げた健康推進課の男性も、頷いている。

――そうだ。会社を立て直すことばかり考えていたけど、市民の皆さんにとっては、健康維持に関わる大切な問題なんだ。

例えば健康診断で癌（がん）の疑いが出た人に、システムエラーで過って異常なしという判定を出し、治療が遅れたら取り返しがつかない。

――我々には、重い責任がある。

長峰は、改めて襟（えり）を正した。

二回目のプレゼンは一週間後に設定されていた。

長峰と副社長は再度、N市役所に赴くと、前回と同じ担当者二人に向き合った。

副社長が持参した資料を配り終えると、長峰は自社独自のオプションについて説明を始める。

「私どもは、N市民の皆さんの健康診断結果を電子データに移行後、システムのメンテナンスと並行して、継続的な統計サービスを供与させていただきたいと考えております。なお、このサービスは弊社の技術をもってすれば、お客様の負担はほとんどなく、至極効率的に実現できるものです」

「ほう。その統計サービスとは、どのようなものですか」

担当者たちは、手元の資料と長峰を交互に見比べながら身を乗り出した。

「まず、資料の三ページ目をご覧ください」

長峰は、そう言いつつマーカーを取り、背後に設置されたホワイトボードに「データ抽出」と書き込んで下線を引く。

聞きなれない用語を見せられると、担当者たちの視線はさらに長峰に集中した。

「紙の台帳で市民の皆さんの健康状態を管理しているうちは、ひとりひとりの健康状態自体はわかっても、N市の市民全体を俯瞰(ふかん)してどのような傾向があるのかは把握しづらい状況であったと思われます。例えば、成人病の罹患(りかん)率は世代別、性別にどのような違いがあり、数年前と比べてどう推移しているのか」

長峰は、「データ抽出」の下に、「世代別」「性別」「年代別」と抽出条件を書き加える。

「弊社が提供するソフトを使えば、これまで蓄積されてきたデータをグラフ化し整理することはもちろん、以降の定期健診のたびに更新されるデータと比較、傾向を割り出し、今後の健康指導に役立てることも可能です。また、市民の皆さんにアンケートを実施して食の嗜好、運動量、睡眠時間などを答えてもらい、当ソフトで情報を整理すれば、これまでにはわからなかった有益な発見があるかもしれません」

「なるほど。抽出機能を使えば、たくさんのデータの中から調べたい情報のみを効率的に選別して絞り込み、課題に沿った事実関係の把握に利用できるというわけですか」

田辺課長の頭の中では、新システムを導入することによって広がる可能性のイメージが湧き出ているようだった。

「アンケートは、健康診断のさいの問診票に簡単な様式で補足的に付け加えれば、市民の皆さんも回答しやすそうですね。個人データを集めるのは、さほど難しいことではないと思います」

健康推進課の守山課長の言葉に、田辺も頷く。

プレゼンテーションがひととおり終わると、田辺は改まって長峰らを労った。

「ご苦労様でした。選考の結果は一週間以内に書面で通知させていただきます。我々にとっても、大変有意義なプレゼンでした」

「ありがとうございます。よろしくお願いいたします」

長峰らは起立すると、深々と頭を下げて退出した。


一週間後、入札に選ばれたという通知が届いた。

長峰は、副社長や社員たちと手を取り合って喜んだ。

そしてN市役所で健康推進課を皮切りに進められた電子データへの移行業務は、その後二、三年をかけて他の部署についても京楽が請け負い、部署同士のスムーズな連携も可能になった。

それを機に京楽は業績を盛り返し、現在に至っているという。

友里恵の話では、長峰社長は次の休日に榎本文房具店に来てゴールデン・ドーンを見せてくれるそうである。

彼女の話を聞いて考えを巡らせていた史郎は、

「ご主人――雅彦さんが新聞部の顧問をなさっていたというのは、どちらの中学校でいのですが」

「すみませんが、少々調べたいことがあるので、ぜひ奥さんにも協力していただきた

すか」

と、尋ねた。

「山科(やましな)区にある京都市立洛東(らくとう)中学校です」

史郎は洛東中学校の住所と連絡先を聞くと受話器を置いた。

榎本文房具店は、毎週火曜日が定休日だ。

翌日はその火曜日だったので、史郎は電車とバスを乗り継いで洛東中学校に向かった。

中学校は小高い丘の上にあり、バスを降りた史郎は汗を拭きながら坂道を上っていった。ここのところ毎日、晴天で猛暑日が続いている。東京の夏も暑かったが、京都は盆地なのでさらに暑い。特に、今年の暑さは尋常ではない。

史郎はこんなふうに暑い夏の日、涼しげな麻の着物を着た祖母が、日傘を差して外出していたのを思い出した。祖母や友里恵のように日傘を差したいのだが、自分が差

すには気恥ずかしいので我慢している。

校門を入ると、夏休み中のため、グラウンドから時おり部活をしている生徒たちの声が聞こえてくるのを除けば、校舎内には人影もなく、しんと静まりかえっている。

受付に行って用件を伝えると、すぐに事務員らしき女性が応対してくれた。

まもなく五十過ぎの教諭が現れて挨拶し、新聞部の部室へ案内してくれることになった。

「亡くなった宮園先生のお知り合いですか」

教諭は懐かしそうに頬(ほお)を緩めた。宮園雅彦の同僚だったらしい。

「いえ。直接お会いしたことはないのですが、先生の奥様に協力していただいて、当時発行していた学校新聞について調べているのです」

胡散(うさん)臭いと思われるかと思ったが、相手は気のよさそうな様子で頷いた。事前に友里恵が連絡を入れ、知人が昔の学校新聞を閲覧したいと希望しているので、案内をお願いできませんかと頼んでおいてくれたからだろう。友里恵は雅彦をとおして、現在の新聞部の顧問であるこの教諭とも面識があるということだった。

二人は階段を上がり、引き戸の上に『新聞部』というプレートの掛かった部屋の前にやってきた。入ってみると、生徒はいなかったが部室はきれいに整理整頓されている。

「夏休み中でも生徒たちは部活のために時々登校してくるのですが、今日は休みでして」

部室の中央に、大きめのテーブルと背もたれのない簡易椅子が数脚置いてあり、部屋の隅の壁ぎわには、発行済みの過去の新聞が入っているらしい段ボールがいくつか積まれている。

「五年前に宮園先生が亡くなられた時は、当時の部員たちも元気を失くしていましたが、コンクールに入賞した実績もありますし、保護者の皆さんの応援もあり頑張って何とか存続しています」

「それはよかった」

教諭は、壁ぎわの段ボール箱の中からひとつを持ち上げると、テーブルの上に置いた。

『H10〜H20』と書かれた張り紙が貼られている。

「この中に、お問い合わせのあった――二十三年前ですか――平成十二年にうちの新聞部が発行したバックナンバーが入っています」

段ボール箱を開けると、二つ折りにした状態でＡ３サイズの古新聞が大量に重ねられていた。広げた状態ではＡ２サイズとなり、市販の新聞よりひとまわり小さい。ページ数も数ページだが、字は大きめで読みやすかった。

史郎が礼を言って、うっすら埃（ほこり）をかぶった箱から新聞をテーブルの上に取り出すと、教諭は「終わったら声をかけてください」と、言いおいて出て行った。

史郎は平成十二年に発行されたバックナンバーを一部ずつ丁寧に調べていく。

今となっては、雅彦の考えは誰にもわからない。だから可能性のある情報に片っ端から当たってみるしかない。

長峰も回想していたように、二十三年前、雅彦は親友とは全く畑違いの仕事をしていた。しかも中学校という、ある意味、一般社会とは隔絶された独特の職場で教育に携わっていたのだ。だから普通に考えれば、彼には長峰の窮地を救う具体的な策などあろうはずもない。

しかし、それでも雅彦は何らかの行動を起こしたと思われる。あのゴールデン・ドーンを使って。

当時、彼と世間、ひいては役所をつなぐ媒介といえば何が考えられるだろう。同僚教師との交流、ＰＴＡでの人脈とか――あるいは学校新聞の可能性もあるのではないか。彼が顧問をしていた新聞部では、生徒たちが一般の会社へも取材に行き、実社会への関心を高めるような記事も多数掲載していたようだ。その記事の中に、雅彦の行動のヒントになるような題材があるかもしれない、と史郎は推測したのだ。

やがて、ひとりの男性の写真が入ったカラー刷りの記事を見つけた。

発行日は、二〇〇〇年（平成十二年）九月二十日であった。

日曜日になると、京楽の長峰社長が友里恵に連れられて榎本文房具店にやってきた。

長峰は、史郎が想像したとおり活力に満ちた人物だった。

実年齢は六十を超えているはずで、頭髪に白髪が交じっているにもかかわらず、見た目は十歳は若く見える。店内に並べられた文房具に興味深げな視線を投げているようすからは、旺盛な好奇心が垣間見えた。

初対面の挨拶をすませた史郎は、二人を店の奥の接客スペースに案内した。

「お暑いなか、ようこそいらっしゃいました。お茶をどうぞ」

史郎はそう言って、ガラスの茶碗に入れた冷茶をすすめる。

「おお、これはありがたい」

長峰は喜んだ。

冷水ポットに煎茶の茶葉とミネラルウォーターを入れ、一晩ねかせた水出し冷茶だ。緑茶は低温でじっくり出すことにより、うま味成分が壊れず、甘みがあってまろやかな味わいになるのだ。

「おいしいですね。味に深みがある」

長峰は言った。

「本当。お茶の緑も、とても鮮やかできれい」

友里恵も頷く。

お茶を飲み終えて、長峰はシャツの胸ポケットから約束の万年筆を取り出すと、

「これが、雅彦から貰ったゴールデン・ドーンです」

と言って、史郎が差し出した小ぶりのトレイに置いた。

白手袋をはめて万年筆を手に取り、仔細(しさい)に観察する。そして軸の部分に『16/123』という数字が刻印されているのを確認した。

その数字の意味を知らなかったらしい長峰に、

「これはシリアルナンバーといって、万年筆の限定モデルにつけられる通し番号のようなものです」

と、説明した。

つまりこのゴールデン・ドーンは、英国のプレミアム社で百二十三本製造されたうちの十六本目、という意味になる。

「しかし百二十三本というのは、あくまで全世界での販売総数です。二十三年前、日本国内で販売されたのは、このうちの二十五本のみでした」

「たった二十五本ですか……」

感心している二人を前に、史郎は語り始めた。

二十三年前、長峰が窮地に陥っていることを知った雅彦は、何とか親友の力になってやりたいと考えていたのだろう。

いっぽうで長峰からN市役所の入札の話を聞いた時、脳裏に閃くものがあったようだ。

それは当時、顧問をしていた新聞部が企画し、生徒たちが取り組んでいた学校新聞の記事だった。その企画は「先輩たちはいま……」というタイトルで、現在は社会人となって働いている卒業生の職場を訪問してOBのインタビュー記事を掲載していた。企画は何回かのシリーズになっていて、全回とも取材対象者の写真が掲載されていた。そして雅彦が注目したであろうその回の記事では、N市役所の入札契約課で活躍している田辺圭司課長のインタビューが、写真付きで掲載されていた。

史郎は先日、洛東中学校に行ってその記事の現物を確認したが、そこで思いがけず、雅彦とゴールデン・ドーンの最初の接点を見つけたのだ。

役所の机に向かい、はっと目を引くようなエレガントな万年筆を手にカメラに向かって微笑む田辺課長——彼が持っていた万年筆こそが、ゴールデン・ドーンだったのだ。

インタビュー記事の中で、田辺課長は手書きや文房具について語っていた。

——私は、文字を書くという行為には人間性が表れると思っています。言い換えれば、文字を丁寧に書く人は、人とのかかわりを大事にし、人生を丁寧に生きる人なのではないかと……そして書くことはもちろんですが、私は文房具にもこだわって、質の良いものを使うようにしています。言葉を伝える道具、つまりペンにもこだわりを持つことで、より誠実な気持ちが伝わるような気がしますし、こだわりの文具を持っている人には自分と同じ価値観を持っているんじゃないかと思って、好感を覚えますね——私がいま一番気に入っているのは、このゴールデン・ドーンです。

新聞紙上でも紹介されていたが、民間企業に対して入札を行う場合、役所側では入札契約課が入札から契約までを担当するという。

入札契約課はすべての入札を仕切る立場であり、そこの責任者である課長は、長峰の言うプレゼンテーションに常時参加する。つまり学校新聞に掲載された田辺課長は、今回の入札で長峰のプレゼンを直接、聞いたうえN市役所のデータ移行業務を任せるにふさわしいかどうかを見極める主要人物ということになる——新聞部の顧問である雅彦は、これら一連の記事の内容から、この事実を把握していたはずだ。

そしてインタビュー記事を読んだ彼は、長峰の入札を成功させるため、ゴールデン・ドーンに一縷（いちる）の望みをかけることを思いついたのではないだろうか。

「田辺課長は、文房具にこだわりを持って良質のものを使っている人は、他人とのかかわりを大切にしている人だから好感が持てる、と発言しています。そしてゴールデン・ドーンは、課長の文房具に対するこだわりの象徴でした」

「だから雅彦は、私のために——私が田辺課長から好感を持ってもらって、入札がうまくいくように、自らゴールデン・ドーンを購入し、私にプレゼントしてくれたと……」

驚愕(きょうがく)のためか、長峰の言葉は震えて消えた。友里恵も目を見開いている。

「もちろん、入札の判断基準が質の良い技術とサービスを提供できるかどうかにあることは、雅彦さんも知っていたでしょう。でもその点は、あなたの会社なら間違いないと信頼していたのだろうと思います。そのうえで、少しでも長峰さんの力になりたいと考えていたのではないでしょうか……その後のことは、あなたご自身が体験されたとおりかと思います」

長峰が二度のプレゼンに臨んださい——彼のほうでは、緊張もあって相手の持っている万年筆を観察する余裕はなかったが——田辺課長は、長峰が自分と同じ万年筆を身に着け愛用しているらしいのを見て取り、さぞかし驚いたことだろう。なにしろ国内で二十五本しか販売されていない限定品のうち一本を自分が、もう一本を入札の相手が持っていたのだから。

「ただ、田辺課長が自分と同じ万年筆を身に着けていた長峰さんに出会って、インタビューどおりの好感を覚えたかどうかは疑問です。これは僕の個人的な意見ですが、別の見方も考えられるかと」

史郎はそこで、悪戯っ子のような笑みを浮かべた。

「わかりますよ」

と、長峰が応じる。

「当時の田辺課長にとって、雅彦が担当する学校新聞のインタビューで文房具について独特のこだわりを述べたことは、記憶に新しかったはずです。『こだわりの文具を持っている人は丁寧な字を書き、ひいては高い人間性を備えている』ということを語ったにもかかわらず、ご自身と同じ万年筆を使っている私が箸にも棒にも掛からない、いい加減な男では立つ瀬がないとお考えだったんでしょう……ゴールデン・ドーンを長年愛用してきた今だから言えますが、この万年筆を使っている人には、他人に対しても社会に対しても誠実であってほしいと、私も思います」

いずれにしても、このゴールデン・ドーンがきっかけとなって、田辺課長は長峰に注目した。彼のプレゼンに対し、より注意深く興味を持って真剣に耳を傾けたと思われる。

その結果、改めて相手の提示するオプションがきわめて適切で優れたものであると確信を持ったのだ。

「でも、不思議ですね」

なにか引っかかりを覚えたらしく、友里恵は首をかしげている。

「その万年筆は当時、国内で二十五本しか販売されていない希少な人気商品だったんですよね。田辺課長のような人たちは事前に売り出し情報をチェックして、発売日当日に取り扱い文房具店で買うことができたんでしょうけど、主人が購入したのは、それからかなり後のはずです。普通ならもう、売り切れているのでは……そんな商品を、主人はどうやって入手することができたんでしょう」

確かにゴールデン・ドーンは、発売日当日に完売してもおかしくないほどの人気商品だった。にもかかわらず、万年筆を買った田辺課長を新聞部が取材して記事を書き、長峰から悩みを打ち明けられた雅彦がその記事を再確認した結果、一計を案じて同じ万年筆を買っている。その間、ひと月くらいは経っているはずなのだ。

そう考えると、ゴールデン・ドーンはかなり長い間、売れ残っていたことになるのだが、それはまったくあり得ない話だった。

「奥さんが不可解に思うのも、無理はありません。それには、販売店側のある特殊な事情が関わっていたのですよ」

史郎は当時のゴールデン・ドーンの輸入代理店を含む販売店に問い合わせて、事情を確認していた。

「もしかして、ネット通販か」

手を打って、そう指摘したのは長峰だ。

「さすがは長峰さん。おっしゃるとおりです」

当時、つまり今から二十三年前の西暦二〇〇〇年――この頃はまだ、インターネットで物を買う習慣が定着していなかった。ゴールデン・ドーンもほとんどは一般の店舗で販売されていたのだが、輸入代理店の意向で、二十五本のうち数本を試験的にネット通販にしていたのだ。

「なるほど、あり得るな。楽天市場がインターネット通販を始めたのが一九九七年五月、アマゾンの日本語サイトは二〇〇〇年十一月にオープンしている。しかし、この頃はまだ取り扱う商品も書籍などに限られていたから、万年筆のネット販売は初めてだったかもしれない」

「そうです。ただ店側では認知度の低さも考えて、店舗分が完売したあとで購入を希望する客が店に来た場合は、その客のためにネット販売分を店に取り寄せて売ることもできたそうです」

じっさい、どこの店舗でもゴールデン・ドーンは一、二日で完売したという。雅彦が店に行って問い合わせた時には、売り切れていたことになる。

史郎の脳裏に、店員から「完売です」と言われてがっかりする雅彦の姿が浮かんだ。

雅彦以前にも、この万年筆を買い損ねた客は無数にいただろうが、彼らはこの時点で「もう手に入らない」と、諦めて帰ってしまったと思われる。当時の一般の人々にとって、ネット販売の可能性は意識の外にあったはずだし、ましてやそのネット販売分を一般店舗に取り寄せて販売するといった代理店側の方針など、店員も含めて知らなかった可能性が高い。

「ここから先は僕の推測ですが、雅彦さんはそれでも諦めず『何とかならないでしょうか』と、粘ったのだと思います」

その熱意に背中を押された店員は、「もしかしたら」と思ってネット販売のほうを確認したところ、わずかに在庫があり、店舗に取り寄せてもらうという方法で雅彦は購入することができたのだ。

「そうでしたか。一般店舗ではすぐに売り切れたものの、ネット販売分はあまり知られていなかったぶん、あとあとまで在庫が残っていた——だから、発売からかなりの日数が経っていたにもかかわらず、主人は手に入れることができたのですね」

疑問が氷解したらしく、友里恵も笑顔になる。

「雅彦……」

長峰は、目を潤ませた。

「彼が私のために、そこまでやってくれていたなんて……でも、雅彦はなぜそのことを一切、私に教えなかったんだろう」

「気を遣わせたくないという気持ちも、もちろんあったと思います。でもおそらく雅彦さんは、あなたには余計なことを考えたり構えたりせずに、ただ誠実にプレゼンに臨んでほしいと思っていたのではないでしょうか」

「あの人は、そういう人でした。自分は表に出ずに、いつも周囲の人たちを立てていました。私や子どもたちに対しても……」

亡き夫を思い出したのか、友里恵も涙をぬぐった。

「二十三年前、私が手にした成功は、すべて彼のおかげだったのか――それをまったく知ることなく、私は自分自身の力でここまでやってきたと思っていた。少し、傲慢になっていたのかもしれませんね」

長峰は、友里恵に向き直って頭を下げた。

「奥さん。ありがとうございました。おかげで大切なことを――雅彦にどれだけ助けてもらっていたのかを知ることができました」

「お礼には及びません。主人もきっと、長峰さんの力になれたことを喜んでいたはずです」

友里恵は微笑む。

「――子ども食堂の継続寄付の話、考えてはみたのですが、やはり会社の方針を曲げることはできないのです」

友里恵は、素直に頷いた。

「わかっています。そのことはもう――」

「ですが、私が個人的に寄付するぶんには、まったく問題はありません。ぜひ、前向きに検討させてください。雅彦からの恩を返したいのです」

と、長峰は言った。

第三話 ▼ ノスタルジック・ブルー

「やあ、水沢。僕だけど」

画面表示が「呼び出し中」から「通話中」に変わると、榎本史郎はスマホに向かって呼びかけた。

「今ちょっと、話していいかな」

忙しいようだったら、後でかけ直すつもりでいた。

相手は今や新進気鋭のイラストレーター、オファーが引きも切らず超多忙と聞いている。

「もちろんだよ、史郎。こっちから連絡しようと思っていたんだ」

水沢了は、うれしそうに続ける。

「万年筆の件だろう？　ありがとう。三日前、セキュリティゆうパックで届いたよ。普通のゆうパックでもよかったのに」

「それならいいんだ。水沢にとって、大切なものだからね。念のためにと思って」

セキュリティゆうパックは貴重品を輸送、配達するさいに利用される賠償サービス付きのゆうパックだ。通常のゆうパックに付加できるオプションのひとつで、その分、料金はかさむが取り扱いは丁寧だし、必ず受取人に手渡しをすることになっているので安心できる。

　水沢のマンションには宅配ボックスが設置されていて、留守の場合、生もの以外のゆうパックはその中に入れられてしまう。多忙な水沢はいつ急用で出かけてしまうかわからないし、修理したばかりの万年筆なので、まんいちのことがあっては困る。

「ずいぶん待たせて悪かったな。ペンの書き具合はどうだい。修理前と比べて、使い勝手が悪くなっていたりしたら、心苦しいんだが」

「とんでもない。書き心地は前よりいいくらいだよ。俺はやっぱり、このスーベレーンM800でないと、字を書いている気がしない」

　スーベレーンシリーズは、世界的な老舗(しにせ)文具メーカー・ペリカン社の有名ブランドだ。

「スーベレーン」とはドイツ語で「優れもの」を意味するが、なかでもM800は、持つ人を選ばない王道的万年筆としてユーザーから圧倒的人気を誇っている。重さ、軸の太さすべてにおいて最適なバランスが計算されたボディは、中央付近を握っても、先端近くを握っても長時間の筆記に疲れを感じないとの定評がある、シリーズの代表的モデルなのだ。

また、十八金が使われた適度な硬さのペン先は、初めて万年筆を使う初心者でもスムーズで心地よい書き心地が味わえる。一生もののペンとして愛用するファンが多いのだ。

一番人気はグリーンのストライプが入ったデザインだが、水沢のは、さらに美しくスタイリッシュなブルーストライプのスーベレーンだ。

「おまえが、こっちに帰って来てくれてよかった。東京からUターンして、おばあちゃんの店を継いだと聞いた時は正直、驚いたけどな――お礼も兼ねて一度、会いたいんだけど」

「いいよ、お礼なんて。修理代も手数料も振り込んでもらっているし」

「……相談したいこともあるんだ。できれば、三島先輩や周も一緒に」

「イラスト研究会のメンバーか。懐かしいな」

そう言いながらも史郎は、わずかに沈んだ水沢の口調が気になった。

水沢とは高校時代、イラスト研究会で部活を共にしており、クラスメートでもあった。そして部員たちのなかでも、クラスは違うが同級生の日比野周、一学年上で部長を務めていた三島玲子の四人は、特に仲が良かった。

部員は全部で七人だったが、他の三人はいずれも体育会系クラブと掛け持ちしていたので、必然的にこの四人が中心となって部活を進めていたのだ。

ただイラスト研究会は、部活として認められるための部員数にやっと手が届くような状態だったため、掛け持ちの三人がある事情から退部した時点で廃部になってしまった。

「水沢、なにか悩み事でもあるのか」

水沢は沈黙している。

「スト研のみんなに相談したいことって、もしかして、あの事件にかかわることじゃ——」

スト研を廃部に追いやった『あの事件』は、メンバーの間ではタブーになっている。だから口に出すのは勇気が要った。

「違う」

水沢は、即座に否定する。

「いや……あの事件を、今でも引きずっているかという意味ではNOだが、少しは関係あるかもな。電話では話せないよ」

「引きずっていたとしても、無理もないことだと思うよ。あの頃の——高校生の僕らにとって、あれは重すぎた」

スマホの電波の先で、水沢が相槌を打つ。

「ああ。特に三島先輩にとっては、人生を変えるほどのことだったのかもしれない」

「先輩は、責任感も正義感も強かったからな。もしかしたら三島先輩が警察官になったのは、あれがきっかけだったのかもな」

「そう思う。だって先輩は最初、俺と同じデザイン関係の仕事に就きたいって言っていたんだぜ。それなのに進路を法学部に変更して、卒業後は警察学校に入ったんだからな」

史郎は少し迷ったが、このさいはっきり聞いてみることにした。

「水沢。おまえは先輩と付き合っていたんだろう。高校を卒業してから、なんとなく聞きづらくて黙っていたんだけど、先輩とはどうなったんだ」

「別に喧嘩別れしたわけじゃないが、お互いまったく違う進路に進んだのがきっかけで、距離ができてしまってね。今では普通の友達づきあいをしているよ。時々、電話でも話している」

「そうか……」

　この件についてはそれ以上、何も言えなかった。

　史郎は気を取り直す。

「――わかった。セッティングしようよ。久しぶりに三人でうちの店に来ないか。リニューアルした店内も見せたいし」

「いいね。じゃあ俺は、先輩と周に連絡してみる。メンバー全員が揃うのは久しぶりだ。楽しみだな」

　これが、水沢との最後の会話になった。


　水沢が自宅マンションのベランダから転落して亡くなったのは、それから四日後の十月二十日のことである。

　死亡の翌々日――十月二十二日は葬儀が執り行われることになっていた。前日の通夜に行けなかった史郎は、その日の朝、喪服に着替え、閉めた店の引き戸に『臨時休業』と書いたお詫びの張り紙をして家を出た。

　外は雨が降っていた。十月も下旬に入り、空気がひんやりと感じる。

水沢がひとり暮らしをしていたマンションは東山区にあり、有名な八坂(やさか)神社や祇園(ぎおん)の繁華街にも近く、史郎も一度、訪ねたことがある。

葬儀は彼の実家のある西陣(にしじん)の斎場で行われることになっていた。西陣という地名は行政区の名称ではなく、上京区から北区にわたる地域の呼び名である。西陣織発祥の地であり、現在でも織物産業が集中している。

水沢から聞いた話によれば父親も西陣織の職人だということで、史郎は高校時代から、彼の芸術的センス——特に色彩感覚はその影響ではないかと思っていた。

地下鉄を降りてから本降りの雨のなかを歩き、斎場に着いた。入口で傘をたたんで水滴を払う。斎場の湿っぽい空気が、突然友人を失ったショックと相まって鬱(うっ)に入りそうな雰囲気を醸(かも)し出していた。

ロビーに入っていったが、式の開始時刻より早めに着いたので、まだ参列者は数えるほどしか集まっていない。

「榎本くん。よく来てくれたわ」

喪服姿の細身の女性が近づいてきた。

「三島先輩——お久しぶりです」

史郎は会釈する。

高校時代に長かった黒髪は、ショートボブに切り揃えられている。

当時、彼女に憧れる男子高生は両手の指では数えきれないほどで、史郎もそのうちのひとりだった。

「……大丈夫ですか。先輩」

声を落とす史郎に、玲子は笑顔を作って頷いた。真珠のネックレスが、ロビーの照明を淡く反射する。

「京都府警の刑事だからね。やることをやってからでないと、ゆっくり悲しむこともできない」

そう答えつつも、眼に悲しみをたたえている。玲子の後ろから、もうひとつの影が進み出てきた。

現れたのは、黒縁の眼鏡をかけた日比野周。眼鏡が黒縁なのは、おそらく喪服に合わせているからだ。いつもはもっとシャープな感じのブランド眼鏡をかけていることを、史郎は知っている。

「そういえばテレビ観たぞ。Uターン前だったけど、東京でもしっかり放映されてた。

いか」

『全国有名進学塾・カリスマ講師特集』だって。カリスマ講師だなんてすごいじゃな

周は、京都市内でもトップクラスの進学塾『明星ゼミナール』の講師を務めている。

先日、某民放テレビ局の取材が入って全国ネットで放映されたことで、入会希望者が激増したという。

「いやいや。俺のシフトの時に、たまたま取材されることになっただけさ。まあ、生徒たちの熱烈な推しもあったが」

謙遜しているのか自慢しているのかわからないが、場をわきまえていても「こんなの当然さ」的なオーラを放っているのが周らしい。

「水沢くんがいれば、元スト研の四人が全員、揃ったのにね」

玲子はため息を吐く。

「そうですね。本当なら今日、四人で集まるはずだったんだ。それが、言い出しっぺの水沢の葬式の日になるなんて……こんな時でなかったら、史郎、おまえが転職した経緯もじっくり聞きたかったんだがな」

「水沢も、そんなことを言ってたよ」

　四人で集まることについて、周は水沢から直接、連絡を受けていたはずだ。つい先日、話したばかりの友達がいないという痛みを伴う喪失感は、史郎と同じだろう。

　三人の上に、沈黙が降りた。

　気がつくと、ロビーには大勢の人々が集まってきている。いずれも水沢の関係者のはずで、なかには知った顔もあった。高校時代の同級生たちだ。

　見覚えのない人や明らかに世代の違う年配者の姿も多いが、彼らはおそらく親族か、仕事関係の人たちだろうか。

　葬儀の席なので当然と言えば当然だが、全員喪服であることが各々（おのおの）を没個性的にしていて、職業や性格をうかがい知ることはできない。

　彼らは仲間同士で固まって、ひそひそと何かを語り合っていた。史郎はその様子に不穏な空気を感じた。

　水沢は、フリーのイラストレーターだった。若い世代からの人気が高く、最近では子ども向けの絵本も手掛けて、挿絵とストーリー双方の評判も上々だという。クリエイターとして順風満帆の日々を送っていたことは、想像に難くない。

　だからなおさら、彼の突然の死に出席者たちは困惑を隠せないようだ。

──子どもじゃあるまいし、いい大人が普通に生活していて、マンションの上層階から転落なんて、まず考えられないでしょ。

──イラストレーターだったって？　競争の激しい業界なんだろうな。それなりにストレスも……。

極めつけに「自殺」という言葉が耳に入ってくるや、周がちっ、と舌打ちした。

「周……」

史郎は、友人の腕に手を置いて目配せする。

「ああ、悪い」

「転落死」というと事故死のようなニュアンスがあるが、玲子ら警察が動いていることからも、今のところ、事故か自殺か、事件性があるのか捜査中だ。

その時、同年配の一組の男女がこちらにやってきた。

「周くん？　そっちはもしかして、高校の時A組だった……」

女性のほうが遠慮がちに声をかけてくる。

ウェーブのかかったセミロングの髪を控えめに編み込んで頭の後ろで纏（まと）めている。喪服でなければ、その人懐こい童顔と相まって、華やかで可愛（かわい）い雰囲気のある女性だと思われた。

「榎本史郎です。たしか姫川さん？　水沢の幼馴染だった」

高校時代、水沢とよく一緒にいた姫川美奈子だ。幼馴染だと水沢は言っていたが、姫川が彼に想いを寄せているらしいのは、当時からわかっていた。

「卒業以来だな、ヒメ」

周が気さくに挨拶する。彼と美奈子は、同じクラスだったはずだ。ちなみに史郎たちの出身校では、三年間クラス替えがなかった。

「今は実相寺よ。こう見えても、一児の母です」

そう言って、スマホの待ち受け画面を見せる。

四歳くらいの男の子が、大きなぬいぐるみの馬にまたがって口元を緩ませ、ちょっとはにかむように、こちらを見つめていた。

「かわいいなあ」

「知らなかったよ。おめでとう。こんな時になんだけど」

周と史郎は、小声で祝福する。

美奈子は、玲子にも会釈して笑顔を交わした。

「水沢が死んだなんて、まだ信じられないよ」

美奈子と一緒だった男が話しかけてくる。遠藤治樹（えんどうはるき）。史郎と水沢のクラスメートだった。

「遠藤も、水沢とは幼馴染だったんだよな。ヒメと三人で仲良かったもんな」

何年か前のクラス会で史郎が水沢と一緒に会った時は、京都の中堅文芸出版社に就職したと聞いた。

「今は契約社員だけど、何年か頑張れば正社員になれると思う」

と、話していたのを覚えている。

周囲のざわめきを感じて視線を向けると、斎場の入口から袈裟（けさ）を着た僧侶が入ってくるのが見えた。

「もう始まるみたいね。行きましょう」

玲子のひと言で、五人は粛々と葬儀会場へ向かった。

出棺が終わり、遺族にもお悔やみの挨拶を済ませると、弔問客はめいめいに散っていく。

玲子は、いまだ何名かが固まって話をしている輪に近づいていくと、高校の部活仲間であることと、京都府警の刑事であることを話したうえで、

「皆さん。もしお時間があれば、これからどこかに寄って、水沢くんを偲びませんか。故人と交流のあった方々のお話も伺いたいので」

と、声をかけていた。

弔問客の表情に、不安の混じった好奇の色が浮かんでいる。

史郎の隣にいた周は、

「俺と史郎は行くけど、二人はどうする」

美奈子と遠藤に問いかけた。

美奈子は、顔を強張らせる。

「先輩は警察官として聞き取りをするってこと？　水沢くんは、殺されたの」

「こんなことは考えたくないけど、先輩が言うには自殺や他殺の線も否定できないそうだ」

と、史郎。

「そうか。ひとくちに転落死といっても、警察としては事件性の有無をはっきりさせ

なきゃいけないんだな」

遠藤はそうぼやくと、

「俺行くよ」

と、言った。

「じゃあ、私も。水沢くんに何があったのか知りたいもの」

その真剣なまなざしは、美奈子の水沢への想いが、必ずしも過去のことではないのではないかと勘繰るに十分だった。

四人は、玲子についてきた他の二人の弔問客と一緒に、斎場から歩いて十分くらいのカフェに入った。

庭園付きの一軒家カフェで、事前に玲子が押さえておいたらしく、七人はすぐに二階の個室に案内された。

史郎たちにとって初対面である男女の弔問客は、どうやら水沢の仕事関係者のようだ。

頼んだコーヒーや紅茶が運ばれてきてみんなが一息ついた頃、玲子は初対面の二人に向かって史郎たちを紹介した。

「じつは私たち、亡くなった水沢くんとは高校で一緒だったんです。イラスト研究会の後輩で」

玲子の話を皮切りに、それぞれが順番に自己紹介を始める。

やがて、

「私は、鷹野浩市と申します」

五十代半ばと思われる初対面の年配の男性が、礼儀正しく各々に名刺を差し出した。

「水沢くんは独立する前、私のデザイン事務所に勤めていたのです。退職してフリーになったのは五年前くらいでしたか――今でも時折、連絡をくれたりしていたのですが……これからまだまだ活躍する人材だと思っていたのに、残念でなりません」

鷹野は、ため息を吐いた。

「私、『くすのき出版』という出版社に勤めております、香月みどりと申します」

初対面のもうひとり、二十代くらいの小柄な女性が挨拶する。

くすのき出版は、絵本や児童文学など子ども向けの本の出版を手掛けており、京都市内に会社がある。

「香月さんは、水沢が最近出版した絵本の担当編集者だったんだよ」

と、補足説明したのは遠藤だ。

「なんだ。遠藤は、香月さんとはもともと知り合いなのか」

周が意外そうに目を瞬く。

「ええ、遠藤さんとは出版社は違いますが、京都に拠点を置く版元同士、賞の授賞式などで顔を合わせることがあって――水沢さんと三人で飲みに行ったりもしました」

香月は目を伏せながら言う。

「……どうしてこんなことに」

史郎は彼女の眼の下に、うっすらと隈ができていることに気がついた。どうやら、かなり憔悴しているようだ。

水沢の絵本は評判が良く、出版からひと月も経たないうちに、重版がかかったと聞いている。個人的な悲しみはもちろんだが、担当者としても、将来有望な作家を失うことは大きな痛手だろう。

「香月さん。今日は来てくださって、本当にありがとうございます」

玲子も面識があるらしい。香月に会釈すると、改まって一同に向き直る。

「水沢くんは、お気の毒なことでした。いま裏付け捜査中ですが、個人的には自殺ではないかと考えています」

束の間の沈黙を破ったのは、香月だった。

「……でも私は、水沢さんは自殺じゃないと思います」

「なぜ、そう思われるんですか」

鷹野が尋ねた。

「じつは私、水沢さんの第一発見者なんです」

自分に集中する視線を受け止めながら、香月はきっぱり言った。

ざわめきが、一同の間に広がる。

「香月さん、まだはっきり自殺と確定したわけではないですし、捜査情報にもなりますので、あまり……」

穏やかに口止めする玲子を尻目に、

「いいえ、刑事さん」

香月は、軽く頭を振る。

「いずれ話の過程で、ここにいるみなさんにもわかってしまうと思いますし」

「……わかりました。警察に通報してくださったのも、香月さんなのですから」

二人の間に面識があったのは、玲子が香月に遺体発見時の状況を事情聴取したからなのだろう。

史郎は言葉もなかった。では彼女は、転落死した水沢の遺体を実際に見ているということか。ショックだったに違いない。

「それは、たいへんでしたね」

鷹野は労るように言う。

続いて美奈子も口を開く。

「あのう――ショックな目にあったのに、こんなことを聞いて本当にごめんなさい。でも私、知りたいんです。水沢くんがなぜ死んだのか。実際に現場を見た香月さんなら、何か気づいたこととかありませんか」

「美奈子」

遠藤がたしなめるように呼びかける。

「だって……」

美奈子は目に涙をためた。

「いいんです、お気持ちはわかります。でも、刑事さんにもお話ししたんですが、私は先日、出版した絵本の原画を受け取りに行く約束をしていて訪ねたんです。水沢さんの自宅は仕事場も兼ねていたので、これまでもちょくちょく行っていました」

夜八時を少し回った頃だったが、呼び鈴を押しても応答がなかった。ドアの取っ手を下げてみると、鍵は開いている。

これまでにも、水沢が仕事に夢中になって呼び鈴に気づかないことがたまにあったので、香月は靴を脱ぎ「失礼します」と、声をかけながら仕事部屋に入ったという。

入ってすぐ、慄然として立ちすくんだ。見知った仕事部屋は、フローリングの床といわず机の上といわず、筆やペンなどの文房具や紙類が、まるで投げつけられたかのように散乱していたからだ。部屋の主の姿はなく、呼んでも返事はない。

リビングにでもいるのかと思った矢先、ふと見ると、仕事場からバルコニーへ出るガラス扉が開け放たれており、カーテンが風に揺れていた。

まさかと思いながら、こわごわバルコニーに出て下を見下ろすと、マンションの中庭に人が倒れていた。

「私、パニックを起こしてしまって……なんとかパトカーと救急車を呼びましたが、警察の人が来るまで何も考えられなくて……だから水沢さんに何があったのか、私にもわかりません」

「そうですか……」

肩を落とす美奈子を尻目に、香月は頭を抱える。

「あの時の光景が目に焼き付いて——あれからほとんど眠れないんです」

史郎は気の毒だと思ったが、かける言葉が見つからない。

やがて香月は気を取り直した様子で、

「……ごめんなさい。でも、仕事部屋が散乱していたということは、水沢さんが誰かと争ったということなのではないんですか。だから、自殺といわれても納得がいきません」

と、訴えた。

「もちろんその点は、散乱していた道具すべてを押収して検証中ですが——私の経験から言えば、自殺する前に錯乱状態になって暴れたり、周囲の物を破壊したりするケースは珍しくありません」

事務的だった玲子の口調が、少し悲しみを帯びた。

「私もひとりの友人として、水沢くんが自殺をするような人だとは思えません。ですから、どんなことでもいいので、最近の彼について知っていることがあれば教えてほしいのです」

玲子は一同を見回し、あくまで腰を低くして頼んだ。

「わかりました。私でお役に立てるなら、お答えしましょう」

そう申し出たのは、水沢のかつての上司である鷹野浩市だ。そして彼を筆頭に、全員が協力を申し出た。

「ありがとうございます。さっそくですが、警察で押収した水沢くんの携帯電話の履歴に、皆さんの名前があったものですから――彼と最後に話した時の様子をお聞かせ願いたいのですが」

口火を切ったのは周だった。

「俺は、六日前の十月十六日に、久しぶりに水沢のほうから連絡をくれたんです」

史郎が水沢と話したのと同じ日だ。

「お互いに近況を報告し合って、近々、元イラスト研究会の四人で会う約束をしたんです。この点は、先輩も史郎も知っていますよ」

「彼の言うとおりです。本当は僕たち、今日一緒に集まることになっていたんです」

史郎も口添えする。

「その時の水沢は、こんなことになるなんて全然考えられないくらい普通の話し方だったんだけどな」

「私は四日前の十月十八日の夜、七時くらいだったと思うけど、水沢くんと電話で話しました」

そう言って手を挙げたのは美奈子だ。水沢が転落死したのが一昨日、二十日の夜のことだから、美奈子はその二日前に話をしたことになる。

「一週間くらい前『いろいろ忙しくて、遅くなってごめん。二か月ほど前に出した絵本だけど、子どもさんに読んであげてください』って手紙をつけて、水沢くんが絵本を贈ってくれたから――ええっと、たしか『ゆうれい探偵団』」

「『おばけ探偵団』ですね」

版元の担当編集者、香月が訂正を入れる。

「そ、そうです。じつは私、小学校の頃から絵画教室に通っていて、イラストも描いていました。私の絵を見た水沢くんは『上手だね』って褒めてくれて。それから彼もイラストに興味を持って描くようになったんです。最初の頃は、私が描き方を教えてあげたこともあったんですよ」

美奈子は、懐かしそうに微笑む。

「そんな思い出があったから、水沢くんは初めて描いた絵本を私に贈ってくれたんだと思います。子どももとても気に入って……それで感想も兼ねてお礼の電話をしたんです」

「その時、水沢くんはどんな様子だったかしら」

玲子の問いに、

「それが、なんだか元気がなかったような……私が話してる最中も、うわの空みたいだったわ。仕事で疲れているのかな、悪いときに電話しちゃったかな、と思って、その時はあまり長話をせずに電話を切ったんですけど」

美奈子は唇をかんだ。

「水沢くんが自殺したのなら——もしあの時、悩みを聞いてあげていれば……」

その口調には、死の直前に話をしておきながら何の力にもなれなかった無念さと、自責の念が滲んでいた。

「美奈子、きみのせいじゃない。俺が説明するよ」

不穏な沈黙を破ったのは、水沢と美奈子の共通の幼馴染、遠藤だ。

彼が言うには、水沢は児童書を出版したことをきっかけに、一般文芸にも興味を持ったらしく、話を聞きたいと言っては時々、連絡をよこしていたそうである。

「あの日は、水沢のほうから電話をくれたんです。亡くなる前日の午後早い時刻――二時頃だったと思います。相談したいことがあるから近々会えないか、と打診されました。彼が何を話したがっているのかは、すぐにわかりました。それ以前にも、本人から小耳に挟んだことがあったもので。じつは水沢は――」

そこで言葉を切り、同業者だという香月と視線を合わせる。香月は軽く頷いた。このさい、ここにいる関係者全員に事実を明かしてもいいだろう、というやり取りに見えた。

「じつは水沢は、絵を盗作したという疑いをかけられて悩んでいたんです。結局、週末に会う約束はしたものの、直接話をする前に死んでしまって」

絶句する美奈子を筆頭に、一同の間にざわめきが広がった。

――水沢が僕たちに相談したいと言っていたのは、このことだったのかもしれない。

と、史郎は思った。

遠藤の告白によると、ひと月ほど前から、水沢が出版した絵本『おばけ探偵団』の最終ページの挿絵が、著名な写真家・亀田（かめだ）丈太郎（じょうたろう）の撮った写真と酷似しているという噂（うわさ）がＳＮＳ上で囁（ささや）かれ、あっという間に拡散したという。その写真は半年ほど前、東京で開催された写真展に展示されていたものだった。

「私も、水沢さんから相談を受けました。担当編集者なのですから当然ですが」

香月も遠藤の話を肯定する。

「そんな話は、初耳ですね」

玲子は眉根を寄せた。

事情聴取でその件を話さなかった香月に対して、不満を覚えているのは明らかだ。

「すみません。あの時は気が動転していたし、それに、そのことと彼の転落死が全く結びつかなかったものですから」

「と、おっしゃいますと」

「つまり、それが原因で彼が自殺するほど悩んでいたとは、思えなかったので——水沢さんは極めて冷静に対処しようとしていました。本来、サポートしなければならない私のほうが、頼もしく思うくらいでしたよ」

「水沢が盗作を疑われたというのは、絵本のどの部分ですか」

史郎は聞いてみる。

香月はバッグを開けると、持ち歩いていたらしい絵本『おばけ探偵団』を取り出し、みんなの前で最終ページを広げて見せた。

そこには、日差しの強い真夏の青空を思わせるような紺碧の空に無数の金色の星が瞬き、それを背景として数人の少年たちのシルエットが浮かび上がった挿絵が描かれている。よく見ると、その深く濃い青色の空自体が、細かな金色の粒子を孕んでキラキラと輝いていた。

「いっぽう、こちらが亀田先生の写真です」

香月は、続けて取り出したスマホを操作して、写真展のパンフレットを写したと思しきカラー写真の画像を見せた。これも、夕暮れ時の星が瞬く空を背景に人影が浮かんでいる。ただ、そのシルエットからは丈の長い異国風の民族衣装が想像できるので、どうやら中東あたりのどこかの風景らしい。

双方を比べてみると、たしかに構図はよく似ている。

「でもさ、偶然、似てしまったようにしか見えないけどな」

「そうだな。構図としては、よくあるんじゃないかな」

スマホの画面を覗きこんだ周と史郎が、異口同音に言う。

「もちろん水沢さんは、盗作なんかしていない、これは自分のオリジナルです、と憤慨していました」

香月は当の亀田丈太郎に相談しようと、写真展の事務局から聞いた連絡先に何回か電話してメールも送ったが、まったく連絡が取れなかった。

その間にも、SNS上では盗作が事実であるかのように拡散され、水沢はひどい中傷に晒されていたという。中傷を煽っているのは、だいたい同じハンドルネームの人物であった。

「亀田先生が連絡をくださったのは、水沢さんが亡くなる前々日の十月十八日の朝でした。先生はお怒りではなく、連絡が取れなかったのは海外に行っていて多忙だったからで、もともとSNSにもあまり関心がなくて、こんな騒ぎになっているとは思わなかったとおっしゃいました」

香月は、このような事態になったことを丁寧に謝罪し、指摘されると類似しているように感じるが、作者の水沢は盗作していないと誓っている、水沢も我々版元も騒ぎに困惑しており、大変申し訳ないが今後の相談をさせていただきたい、と申し出たそうである。

亀田は事前に水沢の絵本を確認していて「私も盗作とは思いません」と、言ってくれた。

「先生は、SNS上でその旨をはっきり表明しようと提案してくださいました。弊社のホームページ上に同様のコメントを載せることも了承してくださり、私は先生に感謝をお伝えして電話を切りました。水沢さんに一刻も早く伝えたくて、すぐに連絡したんです。それが彼と話した最後の電話、同じ十月十八日の午前十時半ごろでした。肩の荷が下りたのでしょう、水沢さんは本当に喜んでいました。いま思えば、それまでと違って、ちょっと疲れているような話し方でしたが——でもまさか、こんなことになるなんて」

香月は唇をかむ。

「亀田先生のコメントもアップされて、今では中傷も下火になったというのに……」

史郎は頭の中で、時系列を整理してみた。

たしか同じ日——十月十八日の宵の口に、美奈子も水沢に電話して元気がなかったと言っている。その翌日の十九日に水沢からの連絡を受けた遠藤も、「相談したいことがあるから」と、悩み事を暗示するようなことを言われている。

しかし、それ以前に水沢と話した者たちに対しては、彼は明るく気丈に振舞っていた。

と、いうことは、史郎と周が水沢と話した九月十六日から十八日までの間——つまり十七日前後に、水沢を精神的に追い詰めるような何かがあったのだろうか。

考えを巡らせる史郎を尻目に、デザイン事務所の元上司、鷹野が言う。

「私も、水沢くんが他人の作品を盗作したとは思えません。彼はそういう人物じゃなかった。会社時代から、作品のオリジナリティを追求することにこだわっていた。彼自身、他人にはない独特の色彩感覚を持っていましたしね」

史郎には、思い当たることがあった。

「高校時代の部活でもそうでしたよ。水沢は特に和の色が好きで、名前とかいろいろ勉強していて、自分の作品には和色を使っていました」

史郎の言葉に、周も頷く。

「そうだったよな。俺なら『くすんだ緑』と言うところを、あいつは『うぐいす色』とか言っていたっけ」

「そういえば水沢くんは、得意先の人にも、和の伝統色の色見本を見せて作品について説明していたことがありました。そうやって作品の色と和色名を紐づけることで、より繊細で意図的な色彩表現を目指していたんだと思います」

鷹野は微笑しながらそう言うと、改めて玲子に向き直った。

「それで電話のことですが、じつは十日くらい前、水沢くんと祇園でばったり会いましてね。彼がうちを辞めてからなので、五年ぶりでした。二人とも仕事帰りだったので、そのまま飲みに行ったんですよ。辞めた後のことをいろいろ聞いたりして――私が『フリーになっても順調そうじゃないか』と言ったら『いや、辞めない方がよかったのかもしれません。あの頃は、ある意味、会社に守られていましたから』と、苦笑していた。その時はこちらに気を遣っているのかなと思って、踏み込んだ話はしなかったのですが――いま思えば、その中傷のことが頭にあったのかもしれない。理由を尋ねなかったことを、後悔しています」

「失礼ですが、小耳にはさんだところでは、御社は水沢くんが辞めた後、業績がかなり悪化していたようですね。やはり彼は、会社にとって重要な戦力だったということでしょうか」

玲子が問う。

「もちろんです。彼が辞めたのは痛手でした。弊社は主にソーシャルゲームや家庭用ゲームのキャラクターや背景などのイラスト制作を手掛けていますが、得意先のなかには『水沢くんに描いてもらいたい』と、名指しで注文するお客様も多かった。結果的に、彼にその人脈をすべて持っていかれましたからね——うちとしては、水沢くんに働き続けてもらいたかったのですが」

鷹野は苦笑いを浮かべた。

「ですが、独立はこの業界ではよくあります——ちなみに、彼が私に電話連絡をよこしたのはその翌々日の十四日。おかげで昔を思い出して初心にかえることができた、これからもフリーで頑張ります、というお礼の電話でしたよ」

さらに鷹野は、業績が落ち込んだのは一時的なことで、今ではV字回復しています、と付け加えるのも忘れなかった。

「あと話してないのは、榎本くんよね。あなたは——そうか、あなたも日比野くんと同じ日に、四人で集まる話をしたんだったかしら」

「そうですね。成り行きでそういう話になったんですが、もともと僕が水沢に用事があって電話したんです。でもこの話は、事件とはあまり関係ないと思いますけどね」

史郎は、少々申し訳なさそうな顔をしてみせた。

「水沢に頼まれて、半年ほど前に万年筆を預かって修理に出していました。それが直って戻ってきたので、十二日に郵送で彼に送ったんです。なので十六日に、どんな書き具合か確認の電話をしました」

「水沢くんは、仕事道具を修理に出したってことかしら」

玲子の問いに、史郎はかぶりを振る。

「いえ。万年筆は本来、文字を書くのに使うものなので。水沢は筆まめでしたから、手紙を書いたり、手帳をつけたりするのに使っていたんだと思います。仕事用のペンは別にあったはずですよ」

「万年筆の修理ってあまり聞かないけど、それに半年もかかったってこと？　いったい、どこに修理に出したの」

と、美奈子。

「ドイツだよ」

周囲が向けてくる不可解なものを見るような視線を受け流しながら、史郎は補足説明をした。

水沢はドイツのペリカン社が出しているスーベレーンＭ８００という万年筆を愛用していたが、半年前、うっかりフローリングの床に落とした時に首軸のリングが割れてしまった。

そのペンをいたく気に入っていた彼は、なんとか直せないかと史郎に泣きついた。史郎は、販売元のペリカン社に修理に出してリングを交換してもらうしかないと答え、現地と交渉し、修理してもらえるよう手配したのだ。修理代と手数料の他、あとは返ってくるのを気長に待つしかないことも伝え、水沢も承知したうえでのことである。

史郎は、使い心地も上々だと言って喜んでいた、その時の水沢の様子を思い出していた。

「水沢はもともと、安いものを大量買いするより、高価でも長く使えるクオリティの高いものを、ひとつか二つ持っていたいというタイプでしたからね。ちなみに水沢のスーベレーンは、こだわりぬいた伝統の吸入式でした」

万年筆はカートリッジ式、コンバーター式、吸入式に大別される。

カートリッジ式はインクの入った専用カプセルをペンの胴軸内に挿し込むことで即、筆記が可能なタイプで携帯にも便利だ。コンバーター式は、首軸にコンバータ（万年筆用インク吸入器）をセットし、ボトルからインクを吸い上げて使用する。吸入式は、吸入器を使わなくてもペン先をインクの中に浸し、尻軸の吸引ノブを操作することでインクを万年筆本体に直接吸入できる構造になっている。首軸にインク窓があり、ペン内のインクの残量を確認することもできる。

万年筆好きにとっては、吸入式のペンにインクを満たす一連の作業こそ、至福のひとときなのだ。

「だから史郎と気が合ったんだ。俺にはマニアを通り越して、オタクにしか見えないけどな」

周は、にやにやしている。

「文具オタクは意識が高いんだよ。周も水沢みたいに、自分の万年筆を持ったらどうかな」

「で、それをおまえの店で買えってか」

周のツッコミを聞き流し、史郎は水沢の元担当編集者に尋ねる。

「香月さん。気になっていたんですが、水沢を発見した時、仕事部屋で彼のスーベレーンを見かけませんでしたか」

いつも身に着けていた万年筆だったのに、今どこにあるのだろうか。葬儀の時に遠慮がちに遺族に尋ねてみたが、仕事部屋にあったものは警察が預かっているということだった。

史郎は、水沢がスーベレーンを身に着けたまま転落したのか、それとも部屋のどこかに置いていたのか、それが気になった。

水沢のマンションの部屋には、鑑識が入ったという。だから本当は香月よりも玲子に聞くのが早いだろうとわかってはいたが、おそらく彼女は捜査情報を漏らさない。

「ごめんなさい。私、万年筆のブランドには疎くて……」

香月が困ったように言い淀むと、

「こういう万年筆なんですが」

史郎は自分のスマホを取り出して操作し、ブルーの美しいストライプが入ったスーベレーンＭ８００の画像を見せた。

香月は自分の記憶と比較するように、じっと画像を見ていたが、

「この万年筆なら、彼の仕事机の上にあったわ。そばにインクの瓶と、白い紙も置いてありました」

と、断言した。

「ちょっと待ってください」

周が香月の言葉に反応する。

「机の上に万年筆とインクの瓶、それに紙が置いてあったって——それって、遺書が残されていたってことですか」

微かなざわめきが、一同のあいだに広がる。

「いえ、違うんです」

香月は慌てて否定する。

「紙は白紙でした」

「じゃあ、インクはどうですか。水沢は職業柄、ブルーやブラック以外にも、いろんな種類の色インクを持っていたと思うんですが、香月さんが見た瓶に入っていたインクの色とかメーカーはわかりませんか」

と、史郎。

インクの瓶やボトルには、たいてい色名とメーカーの名前が印字されたラベルが貼られている。何かヒントがあるかもしれない。

もっとも、香月が水沢の机の上を見たのはほんの一瞬だっただろうし、本人も言うように遺体を発見した後は気が動転してそれどころではなかっただろうから、普通なら、そこまで覚えてはいないだろう。我ながら無理な注文だという自覚はある。

ところが彼女の反応は、想定外のものだった。

「机の上にあったのは、能条(のうじょう)化学工業の『ノスタルジック・ブルー』というインクです」

香月の平然とした態度に、驚愕(きょうがく)が声に出た。

「すごい。一瞬見ただけで、よくそこまで覚えていましたね」

「あ……いえ。絵本の最終ページの挿絵に使われた特別な色インクだったので、覚えているんです」

「なるほど」

それにしても、彼女は相当、優れた記憶力を持っているようだ。

ただ、こういうタイプの人は往々にして忘れたい嫌な記憶も忘れられず、それが時折、鮮明に脳裏によみがえって本人を傷つけるというリスクもあると聞く。現に香月は先刻、水沢の遺体が脳裏に焼き付いて不眠に悩まされている、と言っていた。

「ありがとう、香月さん。あなたのおかげで、大切なことがわかりましたよ」

意味が分からないといった感じできょとんとしている香月に、史郎は感謝した。

「水沢くんは、大切にしていた万年筆と思い出のインクで、何かを書こうとしていたのかな。やっぱり、遺書？」

悲しげな美奈子の推測を肯定するように、遠藤が後を引き継ぐ。

「遺書を書こうとしたが、結局、混乱する感情を文章にすることすらできず、白紙のままにして発作的に飛び降りたのかも。暴れて部屋を荒らした形跡もあるし」

「いや、それは違うよ」

史郎が言い放った。全員の視線が集中する。

「榎本くん、どうしたの」

と、玲子。

「水沢がノスタルジック・ブルーをスーベレーンで使うはずがありません。香月さんが教えてくれた机の上の状況は、明らかに不自然です。水沢以外の誰かが、それらしく見せかけようとしたのかも」

話が不穏な方向に転がり始めたのを感じてか、玲子以外の全員が、不安げな表情を向けてくる。

「どういうことだ。なぜ、そんなことがわかるのさ」

「そのインク――ノスタルジック・ブルーは、普通の染料インクとはちょっと違っていてね、一般的には『ラメ入りインク』と呼ばれているんだ」

周の問いに、史郎は説明を始めた。

ラメ入りインクには、光を当てるとシルバーやゴールド色などにキラキラと反射する粒子が入っており、文字やイラストを描くと華やかな印象を醸し出すことができる。先ほど香月が「特別な色インク」と言ったのは、おそらく「ラメが入っている」という意味だったのだろう。

インクは水に溶けない顔料インクと水溶性の染料インクに大別されるが、染料インクはその性質上、万年筆用やイラストの製作などに使われる。

ノスタルジック・ブルーの場合は、青系の染料インクの中に金色の粒子が入っている。粒子は通常、インク容器の底に沈殿しているため、使用するさいは瓶やボトルを振って、粒子を混ぜてから吸入するのだが、当然ながら万年筆の内部でも沈殿することになる。

吸入式の万年筆で別のインクに変えたい時は、一度、内部を洗浄する必要がある。洗浄といっても簡単で、ペン先をコップなどの水に浸しておくだけだ。万年筆に使われる染料インクは水に溶けるので、インクは水に溶けて出てくる。水がインクで汚れたらきれいな水を入れ替え、インクが出なくなるまで繰り返す。通常は、数時間から一晩を目安に水に入れておけば十分だ。

しかしノスタルジック・ブルーのようなラメ入りインクは、洗浄しても万年筆の内部にラメが残ることがあり、新しく吸入したインクと予想外の化学反応を起こして内部をいためたり、またラメ自体がデリケートなペン先を傷つける原因になることがあるのだ。

「だから、高級万年筆では使わないのが常識なんだよ。ガラスペンとか筆とか、無難に使える代用品もあるからね。文房具通の水沢なら、当然知っていたはずだ」

「なるほど。半年かけてドイツに修理に出すほど大事にしていた万年筆に、そんなリスクの高いインクを使うはずがないってことか。つまりこれは」

周は、中指で眼鏡のフレームを直すと、史郎の予想を超える爆弾発言をした。

「インクとか万年筆には疎い何者かの偽装工作――水沢は、そいつに殺されたんじゃないのか。水沢は何らかの理由でそいつと争って殴られ、死んでしまったか気を失った。それを見た犯人は自殺に見せかけることを思いつき、彼をバルコニーまで運んで、地面に落とした」

周をたしなめるように鷹野が言った。

「待ってください。机の上の状況は確かに不自然ではあるが、だからといって、水沢くんが転落した時、部屋に別の誰かがいたという証拠にはならないんじゃないですか」

「鷹野さんのおっしゃるとおりよ。ましてや水沢くんがその人物に殺害されたというのは、単なる想像の域を出ないわね」

玲子も賛同する。

二人の言うことは正論だろう。

だが机の上の状況が、水沢以外の何者かの手によるものだとわかった以上、その第三者は水沢が遺書を書こうとしていたと思わせるための偽装工作をしたということになる。現に遠藤と美奈子はそのように思考を誘導された。殺人者以外の誰に、そんなことをする必要性があるのか。

周の推理は当たっていると思う。それを裏づける証拠がないだけだ。

史郎は香月に向かい、

「ちょっと、見せてもらっていいですか」

と、テーブルの上に置かれたままになっていた『おばけ探偵団』の絵本を指した。

本を受け取って、もう一度、最終ページを広げると、

「香月さん、先ほどおっしゃっていたノスタルジック・ブルーが使われているというのは、この背景色――黄昏(たそがれ)時の空の部分ですね」

史郎は細かい金の粒子の光る紺碧の空を指す。

「しかも、タッチからして、水沢は絵の輪郭を描くのにガラスペンを使っていたのでは」

「すごい。当たりです」

香月は、手を合わせて感嘆した。

彼女の話によると、水沢はこの絵本を描くにあたって新しい表現方法を試みていた。

絵の具やポスターカラーは一切使わず、彩色にはすべて染料インクを使っていたのだ。

　また筆記具も、漫画やイラストを描くのに常用されているカブラペンやＧペンより、長時間の筆記が可能で、描く時の角度やインクの残量によって独特の濃淡やグラデーションを出せるガラスペンを主に使っていたという。ちなみに最近では、イラスト専用のソフトを使ってパソコンだけで作品を描くイラストレーターや絵本作家も多いが、水沢は一貫して手描きで作品を作っていた。

「道理で、色使いが独特だと思った。ほらここなんか、今まで見たこともないようなきれいな赤が出ているもの」

　美奈子が、史郎から借りた『おばけ探偵団』の別のページを指してため息を吐く。

「インクは基本的に、絵の具のような混色ができないから単色でしか使えない。各メーカーは、独特の色味を出そうとしのぎを削っている。現在流通しているインクは、赤系だけでも百種類以上はあるよ」

　と、史郎。

　よく知っている世界なのだろう、デザイン事務所の鷹野も頷いている。

「つまり水沢の部屋には、それこそ夥しい数の色インクがあるんじゃないかな」

「そうですよ。色インクなら、事件のあった時も開けっ放しになっていた仕事部屋のキャビネットの一番下の引き出しに、たくさん入っていました」

「インクの瓶やボトルは、だいたい何個くらいありましたか」

「そうですね……ゆうに五十個は超えていたと思います。形や大きさも、いろいろでした」

香月の証言に頷いた史郎は、玲子に言う。

「現場の状況はだいたいわかりました。ノスタルジック・ブルーと万年筆の特徴から、机の上に万年筆とインク瓶、さらに白紙の紙を置いたのは、水沢ではないことは明らかです。それならノスタルジック・ブルーの瓶についている指紋を調べれば、犯人――とは言い切れないまでも、怪しい人物が特定できるのでは？」

「指紋については、いま捜査中よ」

と、玲子。

「それに、犯人が指紋を拭き取ったりしていたら、特定は難しいんじゃないかな」

周の指摘に頷きながら、史郎は改めて全員を見回す。

「もうひとつ疑問があるんですが、水沢の机の上を偽装工作したその人物は、なぜ五十個以上ある色インクの中からノスタルジック・ブルーの瓶を選んだのでしょうか」

「想像もつかないな。偶然じゃないのか」

遠藤が音を上げる。

「いや。さっきの周の推理どおり、その人物が水沢を殺してしまい、とっさに自殺に見せかけようと考えたのだとすれば、理由は想像がつくよ」

その場にいる全員の視線が史郎に集まり、答えを促していた。

「ノスタルジック・ブルーを選んだのは犯人ではなく、水沢本人だったのさ。水沢は犯人と争っているうちに頭を何かにぶつけたか——いずれにしても瀕死の状態で、キャビネットの中からノスタルジック・ブルーのインク瓶を掴んだのだろうと思う。そして意識を失った。彼の意図がわからない犯人は、困惑したにちがいない。ただ、わからないにせよ、そのままにしておくのはまずいと思った。このインクが水沢のダイイングメッセージで、見る人が見れば、自分の犯行が露見するようなヒントが隠されているのではないかと疑ったんだ。犯人は、焦りながらも考えた。自分には、このダイイングメッセージを解くことはできない。元のキャビネットの引き出しに戻しておくか？　——いや、じつは元に戻させること自体が罠だとしたら？　——引き出しを見れば、いろんなメーカーの製品が入り交じって形も大きさも様々なインクの瓶が五十個以上もぎっしり詰まっており、水沢の取った瓶がどの位置にあったのかは判別できない。もしインクの並びに法則性があって、それを水沢の仕事関係者が知っていたとしたら——適当な位置にインクを戻して、あとで調べられた時におかしいということになったら、ここに第三者がいたことが露見してしまうかもしれない。そして犯人は閃(ひらめ)いた。このインクを使って、誰が見てもすぐにわかるような無難なメッセージにすり替えればいい、と」

周があとを引き継ぐ。

「つまり犯人は、ダイイングメッセージであるノスタルジック・ブルーを、ただの遺書を書くための道具に見せかけたってわけか。万年筆と紙と一緒に瓶を机の上に置いた。白紙のままにしておいたのは賢明だな。犯人が偽の遺書を書けば、筆跡でわかってしまうだろうし。さっき遠藤が言ったように、水沢は遺書を残そうとしたが結局、何も書くことができず、そのまま放置して飛び降りたと警察に思わせることができる。無難どころか、自殺に見せかけるなら、むしろ好都合だったわけだ。水沢と争ったさいに物が散乱した部屋をそのままにしておいたのも、同じ理由からだろうな。現に先輩だって、錯乱した水沢が自分で荒らしたんだろうって思ってたわけだし」

「その可能性もあるって、言っただけよ」

　玲子は、周を軽くねめつける。

「ちなみに万年筆は、もともと机の上にあったか、水沢が胸ポケットに挿していたのを犯人が取ったんだと思うよ。仕事部屋だったんだから、白紙の紙を見つけるのも簡単だっただろう」

　史郎が語り終えると、沈黙がその場を覆った。さきほど殺人説に異論を唱えた鷹野も、今回は何も言わずに考え込んでいる。

「あのう……すみません」

　沈黙を破ったのは、香月だった。

「事件当夜、私が水沢さんから受け取るはずだった絵本の原画なんですが、まだ見つからないんでしょうか」

　玲子に対し、遠慮がちに問いかける。

「お話を伺ってから、所轄の担当者に問い合わせてはいるのですが、まだ確認できないようで」

玲子は、申し訳なさそうに答えた。

「原画って『おばけ探偵団』の原画のことですか」

水沢から絵本を貰ったという美奈子が問う。

そういえば香月は、先ほどもその絵を受け取るために水沢のマンションを訪問して、第一発見者になったと言っていた。おそらく事情聴取で訪問の目的を聞かれ、玲子に原画の件を伝えていたのだろう。二人のやり取りからして、どうやらその絵は所在不明になっているようだ。

香月は頷いた。

「そうです。『おばけ探偵団』は、私が初めて担当した書籍で、個人的にも思い入れがあるんです。特に私、最終ページの星空の絵が好きで——水沢さんに話したら、貰えることになって。彼はいつ取りに来てもらってもいい、すぐ渡せるように仕事部屋に用意しておくからと約束してくれました。あの部屋にないなんて、おかしいんですが」

香月は、不安げに玲子を見つめる。

「水沢さんのお葬式のあとでこんなことを申し上げるのは心苦しいのですが、原画はどこにあるのでしょうか。まさか、その犯人が持っていったなんてことは……」

史郎が、恐縮しながら問う。

「お話の途中ですみませんが、香月さん。水沢が挿絵の輪郭を描くのに使っていたはずのガラスペンはありましたか。和風のペンで、わりと目立つデザインなのですが」

「えっ――そうですね……」

香月はその時の状況を思い出しているふうだったが、

「そういえば、ガラスペンもなかった。水沢さんの仕事中にお邪魔したこともあったので、きれいなペンを使っているなって、思ったことがあったんです。でもあの時はなかったような……物が散乱していたから、何かの下になって隠れていたのかもしれないけど」

それを聞くと、史郎も一緒になって頼みこんだ。

「先輩。警察は水沢の仕事部屋にあった道具とか、その他の品を何点か押収しているんですよね。香月さんのために、もう一度、確認してあげてもらえませんか。できれば、ガラスペンのほうもお願いします」

「香月さんの言い分はわかるけど、榎本くんはなぜ、ガラスペンにこだわるの」

と、玲子。

「そのガラスペン、以前、水沢に見せてもらったことがあって——ぱっと見ではわからないけど、結構な値打ち物なんです」

史郎はさらに説得する。

「それに警察は、水沢の死が自殺か他殺かをはっきりさせたいんでしょう？　そのガラスペンや原画が現場から消えていたのだとしたら、それこそ事件性が出てくるのでは？」

「わかったわ。調べてみましょう」

玲子はため息を吐くと、スマホを持って部屋を出た。階段の踊り場あたりで、所轄もしくは京都府警に確認の電話を入れるのだろうか。

「ガラスペンは、ともかくとして」

周は再度、眼鏡のフレームを直す。

「さっき香月さんが言っていた、犯人が原画を持っていったかもって話ですが、あり得るんじゃないですか。水沢の絵って、ネットオークションで高値がつきそうだし——大っぴらには売れなくても、裏ルートで販売できる闇サイトもあるって話ですよ」

「よせよ、不謹慎だろ」

憶測を巡らせる周を、遠藤がたしなめる。

「いえ、あの原画は――」

香月の声にかぶせるようにして、鷹野が訳知り顔で否定した。

「お話を聞くかぎり、原画には一円の価値もありませんよ」

「えっ。どうしてですか」

「それ、水沢くんから聞いたことがある。インクで描かれているからですよね」

遠藤と美奈子の声が不協和音を奏でるのを受けて、史郎はわかりやすく説明した。

「水沢が製作に使っていた染料系カラーインクは、鮮やかな発色や滲みが特長だが、他の画材に比べて色あせが早いんだ。だから着色したあとは速やかにスキャンして、もとの色合いを保存する必要があるのさ」

「ふうん。原画よりパソコンの画像のほうに価値があるとは、普通の絵と真逆だな」

周のぼやきが消える前に、玲子が部屋に戻ってきた。

「すみませんが、香月さん。あなたがお探しになっている原画は、警察の押収品の中にはありませんでした。直接、現場検証をした担当者にも確認したのですが、そんな絵には心当たりがないと」

「そんな……」

玲子は、いったん史郎に向き直る。

「だけど、ガラスペンのほうはあったわ。これのことでしょう」

そして、スマホの画面を見せた。どうやら鑑識から送られてきたらしい画像が映っている。これも捜査資料なのだろうが、裏を取るために見せてくれるということだろう。

スマホの画像には、木製のペンケースに収められた二本のガラスペンが映っていた。軸の部分が落ち着いた感じのグリーンとくすんだ橙(だいだい)色で、和蝋燭(ろうそく)をイメージしたような模様のないシンプルなデザインだ。

史郎は首をかしげる。

「これはこれで良いものですが、水沢が愛用していたガラスペンじゃないです。たぶん、予備のペンだと思います」

「ガラスペンは、この二本しか預かっていないわ。香月さんの言う原画もないとなると――おかしいわね。この二つは、彼の部屋に最初からなかったことになる」

玲子はしばらく考えて、

「さっきの話から推測すると、水沢くんはそのガラスペンを普段から仕事で使っていたようね。香月さんも、彼がそのペンで仕事をしているのを見かけたそうですが――榎本くん、あなたは間近で見せてもらったのよね。具体的に細かい特徴はわかるかしら。原画の件と合わせて、署でもう一度、詳しく調べるから」

「わかりますよ。あの時は、水沢がガラスペンを見せびらかして、散々自慢してくれましたから」

史郎が語ったガラスペンは、二年前に地元京都の特殊ガラス製作所と東京都墨田区の江戸切子職人がコラボレーション企画で制作した、文房具というより伝統工芸品というべき高級ガラスペンだった。

長さ約十七センチ、クリスタルと見紛うばかりの透明で高貴な輝きを放つ無色のガラスペンで、本体には江戸切子の代表的な伝統文様のひとつ「菊繋ぎ文」が施されている。職人の手作業で一本一本、文様を刻んでいるため、発売当初よりネットショップからの受注生産オンリーだった。それでも注文が殺到して、今では販売を中止している。

「水沢が言うには、これはもはや芸術品だ、美しさもさることながら、これほど滑らかな筆感を味わったのは初めてだっていうくらい、至高の書き心地だそうで」

玲子が、

「榎本くん。そのペン、貴重そうだけどいくらくらいするものなの？　六桁……それとも七桁いくとか」

と、聞いてきた。史郎はその瞬間、はっとした。

「そうですね。値段は言わなかったけど……七、八十万はくだらないでしょう。うちの店にも、ぜひ一本置きたいものだと思っていたんです」

熱弁する史郎を尻目に、

「よくわかったわ。ありがとう——あら、もうこんな時間」

玲子はちらりと腕時計に視線を投げて、解散を宣言した。

「みなさん。今日は有益な情報をありがとうございました。おかげさまで、今回の悲しい事故の全容が解明できそうです」

「『事故』ってことは、先輩はやっぱり、水沢が自殺したと思うんですか」

みんなと一緒に腰を上げながらも、周は納得がいかないようである。

「悲しいことだけど、原画やガラスペンだって、どこかで見つかるかもしれないしね」

玲子が感情を抑えた声で答えると、それ以上、言葉を発する者はなく、それぞれが帰路についた。


同日の夜、十時頃。

昼間降っていた雨は、すでに止んでいた。

京都市中京区、通行人もまばらになった鴨川沿いの三条大橋付近。このあたりでは、数年前からゴミの不法投棄が問題になっていた。特に一般道路から河川敷に降りるコンクリートの階段や踊り場には、空のペットボトルやコンビニ弁当用のプラスチック容器、それらが入っていると思しき買い物袋などのゴミが散乱している。

街灯がほのかに灯る薄暗がりの中で懐中電灯を手にゴミをかき分け、何かを探す人影があった。やがてその人物は、ゴミの中から細長い棒状のものを拾い上げる。それは懐中電灯の灯りを受けて、キラキラと煌めいた。

それをショルダーバッグにしまって、軽い足取りで立ち去ろうとする人物の前に、史郎たちは立ち塞がった。

「いま拾ったものを、見せてもらえるかしら。遠藤くん」

玲子が白い手袋をはめながら近づき、驚きのあまり固まって抵抗もしない人物のバッグからガラスペンを取り出した。隣にいた史郎も覗き込む。

「間違いありません。水沢のガラスペンです――ペン先からはおそらく、おまえの血痕が検出される。そうだな、遠藤」

玲子は、手に取った江戸切子のガラスペンを観察する。

「私たち、このガラスペンが現場から持ち去られた理由を考えてみたのよ。原画と違って、金銭目的とは考えにくい――ガラスペンって、みんなそれなりにきれいな外見をしているし、榎本くんが指摘するまで、あの場にいた誰もこのペンの本当の価値を知らなかったみたいだからね。だとすれば、犯人はなぜこのガラスペンを持ち去ったのか――これって、欠けたり割れたりはしていないようだけど、ペン先が尖っているから危ないわよね。たぶん事件当夜、あなたが水沢くんと争った時、仕事机の上にあったこのペンが何らかのはずみで腕に刺さったか、もしくは彼が防御のため、とっさにあなたをペン先で傷つけてしまったのかしら――ちょっと失礼」

玲子は遠藤の右手を取ってシャツの袖をまくった。腕には、絆創膏が貼られていた。

「いずれにせよ、自分の血液が付着してしまったこのガラスペンを、あなたは処分しなければならなくなった」

彼女は昼間とは別人のように饒舌で、凛々しかった。

「木の葉を隠すなら森の中か――けど、ちょっと不用心じゃなかったか。ここは水沢のマンションからも近いし、おまえがこのペンを捨てた時点では、警察が事件とみるか自殺と判断するかは五分五分だった。もしも他殺と断定されれば、警察はすぐに原画とガラスペンが部屋からなくなっていることを突き止め、行方を捜すはず。ここのゴミ捨て場だって、目をつけられるだろうに」

周の疑問に史郎が答える。

「いや、妥当な判断だと思うよ。部屋には、他にもガラスペンがあったからね。『江戸切子のガラスペンがなくなっている』ことがわかったのは、僕がたまたま水沢にそのペンをじっくり見せてもらっていたからだ。香月さんも、ちらっと見ただけだって言ってたし。それがなければ、警察はあの予備のガラスペンを普段から仕事で使っていたものだと思って、もう一本あったこと自体に気づかなかったはずさ。不法投棄のゴミに紛れて捨ててしまえば、ゴミ出しの日に出すより、むしろ安全だよ」

史郎と周の声には、目論見が成功した高揚感よりも、苦い感情が混じっていた。

「おまえら、三人で示し合わせて……昼間のあれは、芝居だったのか」

遠藤はここにきて、ようやく状況を把握したようだ。

「ああ。犯人をあぶり出すためのな」

「カフェで別れてから、遠藤くんのことは所轄の人達が監視していたの。初めは証拠隠滅のために処分したんでしょうけど、あなたは榎本くんからそのガラスペンが高価な物だということを聞き、そしてカフェでの私の態度から、警察はこの件を自殺と判断するだろうと推測した。それで安心したあなたは、このガラスペンを回収するためにすぐにでも行動を起こすだろうと思っていたわ。幸いこのペンには傷ひとつないようだし、購入者の特定につながるシリアルナンバーとかもない。ほとぼりが冷めた頃にネットオークションで売れれば、問題ないとでも思ったんでしょう」

「ちなみにそれが七、八十万するというのは嘘だよ。高価には違いないが、八万円くらいかな」

史郎はそう言いながら、玲子と視線を交わす。

「先輩に『ガラスペンが七桁するか？』と、聞かれた時、門外漢の先輩でも、さすがにガラスペンが数百万もしないのはわかるだろうと思って。わざと聞いてるんだとピンときました」

「あなたなら、私の意図をわかってくれると思っていたわ」

玲子は微笑した。

状況を把握した遠藤は、悔しそうに唇を歪(ゆが)める。

「なぜだ。なぜ、俺が水沢を突き落としたとわかった」

「簡単な消去法だよ。おまえ以外の人達には、申し訳なかったが」

史郎は、三人を代表して説明した。

まず職業柄、水沢が転落死したことをまっ先に知った玲子は、ショックを受けながらも、現場の詳細を把握するや、これは他殺に違いないと判断した。と、いうのは現場に残されていたインク『ノスタルジック・ブルー』は、元スト研のメンバーにしかわからないあるメッセージを携えていたからである。

玲子は史郎と周に連絡をとり、翌日——つまり昨日、急遽(きゅうきょ)三人で会って意見を聞いた。史郎たちもメッセージの意味を即座に理解し、水沢は自殺ではない、理由はわからないが殺されたに違いないという意見で一致した。

しかし他殺と断定するには物証がなく、現状では犯人を特定するのも難しい。

「そこで、榎本くんが提案してくれたのよ。葬式に来る関係者を一堂に集めて、話を聞いてみたらどうかってね」

玲子の言葉を引き継いで、史郎が答える。

「まだ明らかになっていない情報が手に入るかもしれないし、なにより水沢が部屋に入れていることから、犯人は顔見知りの人物だと考えられる。葬式にも来る可能性があり、話を聞けば目星が付くかもしれないと思ったんだ」

「そこで、三人で計画を練って役割を分担したのさ。ちなみに俺は、フライング役だったがな」

と、周。

そして今日の葬式後、捜査本部の承諾も得たうえで、玲子は計画どおり関係者の話を聞きたいと声をかけた。

葬儀の前後で、玲子が弔問客たちに自己紹介したり、周と史郎がさりげなく彼女が警察の人間であることを言い触らした。犯人ならば警察の捜査情報を知りたくてついてくるだろう、と考えたのだ。

そして希望者七人がカフェに落ち着くと、玲子はこの場にいるかもしれない犯人を油断させるため、水沢の転落死は自殺だと考えているかのように振舞った。

しかし警察は、事件、事故の両面から慎重に捜査を進めていたのだ。

そして事件当夜に香月が受け取るはずだった絵本の原画は、犯人が持ち去った可能性が高いと考えた。

史郎は言い放つ。

「あの時、周が指摘したとおり、犯人は金銭目的で原画を盗んだと考えられる。でも実際は、原画には全く価値がなかった。四人の中で、鷹野さん、香月さん、そして美奈子さんはそのことを知っていた。知らなかったのは遠藤、おまえだけだ」

遠藤は、がくりと肩を落とした。

サイレンの音が近づいてくる。

やがて遠藤は、パトカーに乗せられ連行されていった。

翌週の火曜日。榎本文房具店の定休日だ。

「いい店ね。リニューアルオープンしたとは聞いていたけど、なかなか来れなくて

「……」

「懐かしいな。おばあちゃんがいた頃を思い出すよ」

玲子も周も、高校時代、部活の帰りに来たことがあるのだ。

史郎は当時を思い出して言う。

「ちょうど今頃の季節だったね。僕らスト研は、文化祭の準備で忙しかったんだ」

祖母は、部活の延長でついつい遅くまで話し合っている彼らのために、京風の手料理を振舞ってくれた。みんな美味しい美味しいと食べて、史郎の自慢だった。

「美味しかったわ。おばあちゃんの湯豆腐。京野菜の壬生菜や柚子も入っていて、とてもいい香りがした」

玲子は、懐かしそうに呟く。

「昆布だしも絶品だったよ。それに腹を減らしている俺たちのために、おにぎりまでつけてくれて」

と、周。

昼下がり、客のいない店内の応接スペースに、三人は再度、集まっていた。

二人とも先日より肩の力が抜けているように見えるのは、私服姿だからとばかりはいえないだろう。あれから一週間以上が経ち、事件の全容はほぼ明らかになっていた。

「湯豆腐は無理だけど、これでお茶にしようか」

史郎がテーブルの上にドリップコーヒーを淹れたカップと、京都銘菓『御所の宴』を置くと二人は歓声を上げた。『御所の宴』は、波型に焼いた薄いクッキーにクリームを挟んだ高級和菓子で、これも祖母がよく出してくれたものだ。

ここに水沢がいないことだけが、高校時代と違っていた。

署に連行された遠藤は、すべてを自白した。その後の捜査で、絵本の原画も彼のアパートの部屋から発見され、玲子が押収したガラスペンと併せて複数の物証が得られた。

水沢の絵本の挿絵と有名写真家の作品がたまたま似ていたことで盗作疑惑をでっちあげ、ＳＮＳで拡散したのは、遠藤だった。

二人は幼馴染だったが、遠藤はずっと水沢に劣等感を抱いていた。じつは彼も、当初はイラストレーターを目指していたのだが、水沢の圧倒的な才能を見るにつけ、自信を無くして諦めた。ひそかに想いを寄せていた美奈子は、ずっと水沢に片思いをしていた。

極めつけは、ようやく新しい目標を見つけて働いていた文芸出版社から、正社員登用はなく、契約を打ち切ると通達されたことだ。何もかもうまくいかないと、彼は暗澹たる思いを抱えた。それに比べて水沢は、成功を積み重ねて名声も得て、豊かな生活を送っている。

遠藤は、彼に対する嫉妬を抑えることができなくなった。

最初は、腹いせのためのほんの悪戯だった。もちろん、水沢を殺すつもりなどなかった。

しかし盗作の悪評に悩んだ水沢は、自分を中傷している人物をどうにかして特定し、白日の下に引き出す方法はないものかと模索していたらしい。プロバイダに対してその人物の個人情報開示請求をするのが一般的だが、それには裁判を起こす――つまり正式に相手を訴える必要があり、時間がかかりすぎるうえに、担当者の香月をはじめとする絵本の版元の関係者を巻き込んでしまうことになる。

そこで水沢は、誹謗中傷の投稿を丹念に再確認したようだ。その結果、この投稿者は自分と面識がある――さらにいえば、ごく近しい者たちの中にいるのではないか、と考え始めた。と、いうのは、投稿には彼の高校時代のことや、最近起こったプライベートでの事件を仄めかすような内容がいくつか見受けられたからである。

そしてある事実から、それが幼馴染の遠藤だと考えたのだ。

遠藤は水沢の自宅マンションに呼び出され、詰問された。

史郎は、葬儀の日のカフェでの会話を回想する。

「十六日に僕や周と電話で話した水沢は元気で明るかったのに、それから二日後に香月さんや美奈子さんが連絡した時はかなり落ち込んでいた。たぶんその間に、盗作の汚名を着せたのが遠藤だとわかって、ショックを受けたんだろう。遠藤は水沢から、相談したいことがあるという連絡を受けたと言っていたけど、実際は呼び出して問いただすための電話だったんだろうな」

「無理もないさ。仲のよかった幼馴染に裏切られたんだからな」

周の声も沈んでいた。

水沢が突き付けたのは、言い逃れできない状況証拠だった。窮地に陥った挙句、中傷を白状した遠藤に、水沢は辛そうに言ったという。

――今回の中傷では、俺だけじゃない、香月さんたち版元の皆さんや亀田先生――

大勢の人たちが被害を被っている。俺は警察に被害届を出すよ」

そして二人は争いになり、そのさい机上にあったガラスペンがはずみで遠藤の腕を傷つけた。逆上した遠藤は水沢を突き飛ばし、水沢は家具の角に頭を打ちつけて痙攣を起こす。

その後は、史郎たちの推理したとおりであった。水沢は震えながらノスタルジック・ブルーのインク瓶を摑んでメッセージを残そうとしたようだったが、遠藤はそれを取り上げ、偽装工作をした。遠藤は水沢をバルコニーまで運んで落下させ、転落死に見せかけたのだ。

「だけど結果的に、遠藤はノスタルジック・ブルーを使った水沢のダイイング・メッセージを消し去ることはできなかった。メッセージは確実に、僕たち三人に伝わった」

「ああ。あいつは机の上を偽装工作することで、メッセージを消したつもりでいたんだろうが、俺らにとっては、水沢の死亡現場にこのインクがあったという事実だけで十分だったからな」

玲子が複雑な表情を浮かべる。

「もう十四年も前になるのね。高校時代のあの事件がなければ、また状況は違っていた――水沢くんは自殺として処理され、真実は闇の中に葬られていたのかもしれない……嫌な思い出には違いないけど」

「僕もそう思いますよ。水沢の無念が晴らせたのは、僕ら四人があの苦い思い出を共有していたからだとね」

史郎の言葉に、周も頷いた。


高校時代、イラスト研究会のメンバー・水沢、玲子、史郎、周の四人は、協力し合って四枚の大判（縦一八〇センチ×横九〇センチ）の作品を完成させた。

「有職装束（ゆうそくしょうぞく）の基礎知識」と、題されたそれらは、平安時代、宮中に仕えた貴族たちの装束を詳細に復元して描いた等身大のイラストで、「束帯（そくたい）」、「狩衣（かりぎぬ）」姿の男性貴族と、「袿袴（うちぎばかま）」「小袿五衣（こうちぎいつつぎぬ）」――俗に十二単（ひとえ）と呼ばれる衣装――を纏った女房たち四人が描かれていた。

もともと一般公募のイラストコンクールに出品する予定だったそれらの作品は、古典の教諭だった顧問のたっての要望で、史郎ら二年生の各教室に参考資料として貼られることになった。と、いうのは当時、二年生の古典の授業では、『源氏物語』が主な教材となっていたからである。

二年生はちょうど四クラスあったため、イラストは各教室に一枚ずつ貼られ、生徒たちは他の教室にも見に行ったりした。

これらのイラストは、現代語訳はできても平安時代の宮中のリアルなイメージが欠落していた生徒たちにとって、登場人物たちを鮮明にビジュアル化してくれる教材として好評を博した。

しかし、一学期の期末試験を迎えたところで、とんでもない不祥事が起こる。二年生の数学の試験で、大がかりなカンニングが発覚したのだ。

手口は大胆かつ巧妙だった。教室の黒板横に貼られた「有職装束の基礎知識」――それに描かれた衣装に、数学の公式が書き込まれていたのだ。

史郎たちが描いたイラストは、例えば女性の纏う袿袴の着物の柄までも模写したものだった。犯人は、その柄や重ね着の襞（ひだ）に似せて公式を歪めたり、平べったく引き伸ばしたりして書き込み、巧妙に偽装していた。しかも公式は、各クラスに貼られた別々の衣装のそれぞれ全く違う柄に似せて隠されていた。

それは、誰もが見ようと思えば見ることができたにもかかわらず、カレンダーや時間割表と同じで毎日、教室で目にして見慣れているものだっただけに、試験の日にだけそんな細工がなされていようとは誰も思わない。描いた史郎たちを含め、誰も気づいた者はいなかった。犯人――もしくは犯人たちを除いては。

カンニングは試験後に発覚し、大騒ぎとなった。

だが、そのような手口を使ってうまうまとカンニングを成功させた犯人を特定するのは、事実上、不可能だった。しかもこの状況では、当初はカンニングなど意図していなくても、偶然このからくりに気づいてしまった生徒が、目の前に晒された公式を利用して点を取ってしまっているケースも考えられたため、数学に関しては一切を白紙に戻し、再試験が行われるという大事に発展したのだ。

「俺たちの作品を不正で汚したやつは、結局わからずじまい――なんの処分も受けなかった」

周は、悔しそうに唇をかむ。

ちなみに公式は各教室のイラストすべてに書き込まれていたため、当初はメンバーがそれぞれの教室に在籍する複数犯の仕業と思われたが、考えてみると、そう思わせるために手の込んだ工作をした単独犯の仕業とも考えられる。

今となっては、それすらも謎のままだ。

この事件では二年生の学年主任と、それを補佐していた副主任の教諭が矢面に立たされ、保護者からのバッシングに晒されたが、スト研の悲劇はこの後から始まった。

再試験が終わった頃から、「じつはカンニングをしたのはスト研のメンバーで、連中はあのイラストを貼った時から今回の計画的犯行を目論んでいた」と、いう噂が広がり、史郎たちは校内で白い目を向けられることになったのだ。

それが原因で、体育会系クラブと掛け持ちしていた三人が「向こうの部活でもいじめられる。もう耐えられない」と、退部届を出した。

規定では、クラブ活動を行うには最低七人の部員が必要だった。部員数ぎりぎりで活動していたイラスト研究会は、三人が辞めた時点で廃部となった。

「でも、因縁を感じるわ。あれから十四年後の今回の事件で、水沢くんがSNSで中傷していた投稿者の正体を見破ったのも、あの「有職装束の基礎知識」がきっかけだったのだから」

遠藤の自白によると、中傷者の手掛かりを求めてSNSの投稿を調べていた水沢は、次のような投稿に注目したという。

――じつは今回、盗作したと思われるイラストレーターのMの周囲では、高校時代にも怪しい事件が起こっているのです。

遠藤は「有職装束の基礎知識」とそれを利用して行われたカンニングの経緯について投稿していたのだが、これではまるで、未解決のカンニングまでも水沢がやったと示唆しているようである。彼が怒るのも無理はない。

遠藤が「有職装束の基礎知識」の話に触れた時、別の投稿者が興味を持ったらしく、

――面白いですね。私は染色の勉強をしているのですが、平安貴族の装束って官位や季節によって色が決まっていると聞きました。イラストの色はどんな感じでしたか？

と、聞いてきた。

遠藤は答えた。

――女性のほうは十二単でいろんな色を重ねていましたが、男性は束帯――つまり正装ですね――が黒で、当時の日常着である狩衣がくちなし色だったと思います。

この相手は染色を勉強しているというだけあって、和の色名の知識があったようだ。

――くちなし色？　ずいぶん派手ですね。

と、返してきた。

――えっ、白ですよ。

――えーっ。違いますよ。くちなし色は、橙がかった黄色です。

ＳＮＳ上で彼ら二人の話が食い違った原因は、じつは水沢にあった。

玲子は説明する。

「遠藤くんが言うには、高校時代、カンニング事件が起こる少し前に、彼、水沢くんと和の色名について話したことがあったんですって」

それは六月初めの梅雨入り後くらい、ちょうどスト研で「有職装束の基礎知識」を制作している頃のことだった。

当時、水沢が日本の伝統色である和色を勉強していたことは、遠藤も知っていた。

休み時間に教室で水沢と雑談していた時、その和色名の話になり、遠藤は面白がって水沢からいろんな色の和名を聞き出した。黒板の暗い緑は千歳緑、窓から見える花壇に咲いていた紫陽花のくすんだ青は紫陽花青、杜若の鮮やかな紫は杜若色、など。

「和名って、花の名前が多いんだな」

遠藤はそう言って、教卓の上の花瓶に飾られたくちなしの花——クリーム色がかった濃厚な感じの白——を指し、

「じゃあ、あれはくちなし色？」

と、尋ねると、「そうだよ」と水沢は答えた。

「水沢はあの時、俺に間違ったことを教えたんですよ。それさえなければ、俺がやったとばれることはなかったのに」

遠藤は、悔しそうに語ったという。

事件当日、遠藤を呼び出した水沢は、その時のことを打ち明けたそうだ。

「俺はあの後になって、くちなし色は白ではなく、橙がかった黄色だと気がついた。花の色じゃなくて実からとれる染料の色だったんだよ。おまえにあれは間違いだったと謝って、訂正するつもりだった。でもおまえは夏風邪をひいて翌日から一週間、学校を休んでしまった。登校してきた時も、病み上がりで辛そうだったおまえに、そんな些細なことを言って煩わせるのは気が引けたんだ。だから結局、訂正できずにそのままになってしまった」

しかし遠藤は、その時教わったことを覚えていて、間違いとも知らずにSNS上でクリーム色がかった白を「くちなし色」と表現してしまった。

「けど、そのおかげで、おまえが中傷者だとわかったんだ。高校時代のカンニング事件を知っていることに加えて、SNSのそのくだりで、おまえと相手の人の話がかみ合わなくなったのは、俺がおまえに間違ったことを教えたからこそ起こった行き違いだ――そうとしか考えられない。誰にでも起こるような間違いじゃないだろう」

と、水沢は言ったという。

「遠藤のやつ、見栄を張ってSNSで和の色名なんか使うからだ」

周はため息を吐いて続ける。

「水沢は遠藤にその事実を突きつけて……あんなことになったんだな」

玲子もしんみりと言った。

「私たちが描いた『有職装束の基礎知識』、まだ学校のどこかにあるのかしら」

イラストは、カンニング事件の直後に教室から撤去されていた。「調査のため」という名目で教師たちに預けたまま、その後どうなったのかもわからない。

事件当時、三年生だった玲子はカンニングへの直接的な関与を疑われることはなかったが、後輩たちの悪事を知っていたのではないかと陰口をたたかれていたようだ。そのうえ、本来なら夏休み前に後輩たちの今後の活躍を期待しつつ、笑顔で部活を引退するはずが、待っていたのは美を追求し真摯に活動に打ち込んだスト研の廃部という現実だった。その悲しみと悔しさは、史郎たちと同じだろう。

最後の部活が終わったのは、一学期の終業式の前日だった。

部活の帰り「こんなことでへこんでたまるか」と言って、落ち込むメンバーを励ましたのは水沢だった。そして四人は、

「ここにいる俺たちだけは、不正をして人を傷つけるような人間には絶対にならない。不正に屈したりもしない」

と、誓い合った。

夏の黄昏時、紺碧の空には金色に染まったちぎれ雲が浮かび、一番星が瞬いていた。

その美しい空は、史郎たちの脳裏に焼き付いた。

卒業後、四人は別々の大学に進学し、やがて社会人になったが、彼らの友情はずっと続いた。

水沢は念願のイラストレーターになって仕事をするうち、ノスタルジック・ブルーというインクに出会って気に入り、仕事ではいつも使っていることを他のメンバーにも話した。

史郎は今でも、

「あの時、みんなで見上げた空とよく似た色なんだ。初心を忘れないために、このノスタルジック・ブルーを使っているんだよ」

と、言っていた水沢の熱い口調を思い出す。「紺碧の中に、金色のラメが入っているのが特徴だよ」とも話してくれたので、香月から彼の死亡現場にあったというインクのことを聞いた時、すぐにそれだとわかった。そして玲子も周も、水沢から同じことを聞いていたのだ。

だからこそ三人には、水沢のダイイング・メッセージがすぐに理解できた。周が言ったように、現場に不正に対する抵抗の象徴であるノスタルジック・ブルーが置かれていた、というだけで十分だった。

それは「俺は盗作なんて絶対しないし、ネットで中傷されたからといって、へこんで自殺なんかしない」という意味だった。

「水沢は、きっと知っていたんだ。仮に自分のメッセージが犯人によって多少歪められたとしても、間違いなく僕たちに伝わると見越していた」

史郎の言葉に、周は深く頷いた。

「だろうな。自分の死の状況は、すぐに京都府警の先輩の耳に入るはずだし、先輩なら、必ずこのメッセージを見出して俺と史郎に伝え、三人で協力し合って真相を明らかにしてくれる、そう信じていたんだ」

玲子の眼は、涙で潤（うる）んでいた。

第四話 ▼ 緑の風

「京都文化大学花園キャンパス前」で市バスを降りた史郎に、ひとりの女子大生が手を振りながら近づいてきた。

「お兄ちゃん、お久しぶり」

「元気そうだな、梨花」

「うん。ようこそ学園祭へ――お兄ちゃんたら、出不精なんだから。来てくれないいんじゃないかと思ってたよ」

梨花は、ついて来いとばかりに先に立って歩き始める。

十二月上旬、Uターンしてほぼ半年が経っていた。

その間、試行錯誤で文房具店を切り盛りし、いろいろ事件も起こって、あっという間に時間が過ぎたが、最近になってようやく腰を落ち着けて仕事ができるようになった。

やはり住む場所を変えると対人関係も変わる。東京で親しい付き合いのあった友人たちとは今も頻繁に連絡を取り合っているが、お互いに仕事もあるし、少しずつ距離ができていく感覚は否めない。

そのかわり、十代の頃の地元の友達や親戚たちと、また親しく会うようになった。

十歳年下のはとこ、今泉梨花もそのひとりだ。

梨花は史郎の亡くなった祖母、文乃の妹である叶絵の孫であり、嵯峨野にある実家で両親と祖母の四人で暮らしている。子どもの頃から叶絵がよく遊びに連れてきたり、両親が忙しい時などは榎本家で預かって歳の離れた妹のように面倒を見てやっていたせいか、女子大生になった今でも史郎のことを「お兄ちゃん」と呼ぶ。

先日、彼女から電話があり、

「お兄ちゃん。今年こそは学園祭に来てくれるでしょう？　地元に戻ってきたんだから、当然よね」

と、半ば強制的に誘われ、行くことになったのだ。

史郎が東京に出てからも手紙やメールのやり取りはしていたのだが、いかんせん東京と京都では距離があるため、会うのは年一回の帰省の時だけだった。

梨花は現在、京都市内にある私立京都文化大学文学部・書道学科三回生の二十一歳だ。

子どもの頃から書道が好きで、小学校一年から書道教室に通っていた梨花は、書道で有名な中高大一貫校の中等部に進学した。中学ではますます熱心に練習に取り組み、今の大学の付属高校に進学してからも書道部に入って研鑽(けんさん)し続けた。書道展に出品した作品のいくつかは、賞も獲(と)ったという。

梨花が大学に進学してから、学園祭や書道展などのイベントに何度か誘われたことがある。興味はあったが、東京から京都まで出向くとなるとなかなか時間が取れず、京都に帰ったら帰ったで、店を臨時休業してまで学園祭に出かけるのは、お客さんに対して申し訳ないという気持ちが先に立つ。

にもかかわらず結局、梨花の誘いを断り切れなかったのは、幼い頃から泣き虫で危なっかしい彼女の面倒を見ていた名残(なごり)で、いまだに保護者意識が抜けないからだ。しかも梨花は、

「その日は叶絵おばあちゃんが店番をしてくれるって」

という根回しの良さに加え、

「それにちょっとしたイベントもあるのよね。お兄ちゃんにとっても、損な話じゃないと思うけど」

などと、思わせぶりなことを言う。

梨花の話によれば、学園祭で書道学科は例年どおりの作品の展示に加え、一般の来

場者向けに書道教室をやるらしい。それはそれで面白いのだが、今年は奈良の老舗墨メーカー・墨聖堂を招いて固形墨の展示・即売会が行われることになっており、その場で当日発売の新作墨も発表されるというのだ。

この企画は、作品が展示されている書道学科の教室で行われる。

もともと、京都文化大学には国内でも珍しい書道研究所があり、墨聖堂はそのスポンサー企業だ。書道学科の教授やOB・OGたちのなかにも墨聖堂と人脈を持つ者が多く、これまでも書道展や揮毫パフォーマンスなどのイベント活動のために資金提供をしてくれていたらしい。

史郎は興味をひかれた。

墨聖堂の墨は、祖母の代から榎本文房具店でも販売している。墨の伸びがよく、美しい字が書けると客からも好評だ。

「それは、見に行かないわけにはいかないな」

「でしょう?」

梨花は得意げだ。

「でね、その墨聖堂さんが二年前にオープンした東京の姉妹店の看板を書いたのが、うちのＯＧで美人書道家の夏目比美子（なつめひみこ）先生なの」

「夏目さんっていったら、ユーチューブで『美しいペン字の書き方講座』なんかもやっている有名人じゃないか。梨花の先輩だったのか」

頷（うなず）く梨花は、その美人書道家と面識があるらしかった。

今日は三日間の日程で行われる学園祭の二日目——中日に当たっていた。晴れて日差しが暖かかった昨日に比べてやや雲が多く、午後はところによってにわか雨の予報が出ているが、新作墨の発表会は屋内で行われるので差（さ）し障（さわ）りはないだろう。

大学の正門は、バス停から歩いてすぐだった。キャンパスに足を踏み入れると案の定、一般人も含めた来場者で賑（にぎ）わっている。

腕時計の針は、ちょうど十一時を指していた。

「お兄ちゃん。ちょっと早いけど、ランチ代わりに模擬店をまわって食べ歩きしようよ」

梨花の頭の中ではすでに計画があるらしい。

「僕はいいけど、梨花は書道学科のイベントの手伝いとかないのか」

大丈夫、と彼女が言うには、学科の面々とはシフトを決めて交代で準備に当たっていて、梨花は昨日頑張ったので、今日の午前中は自由時間になったのだという。

「墨聖堂の発表会は午後一時からよ。私は準備で十二時には戻るけど、それまで一緒にいるよ」

書道学科の教室は一号館にあり、周辺には焼きそばやたこ焼き、ホットドッグ、さらにクレープやワッフルなど様々な模擬店が並び、いい匂いが漂ってくる。

「あっ、京生麩（なまふ）の田楽も売ってるよ」

梨花は、模擬店の看板を指して言う。

「美味（おい）しそうじゃないか。食べてみよう」

店先でそれぞれ一皿ずつ注文した。出された紙の皿には、うっすらと焼き色のついた生麩の田楽が二本載せてある。一本は白い生麩、もう一本は蓬（よもぎ）生麩だ。蓬の緑と、田楽味噌（みそ）の甘い香りが食欲をそそった。

二本とも生麩と焼きネギが交互に串に通されていて、田楽味噌が塗られている。味噌に振りかけられているのは、粉山椒（こさんしょう）のようだ。

二人は皿を持って近くのベンチに並んで座ると、焼きたての生麩をほおばった。

「うん、うまい。ネギは九条葱かな。生麩ももちもちして美味しいけど、葱と山椒のピリッとした辛みがアクセントになって食が進むよ」

史郎が食べながら褒めると、梨花もうれしそうに同調する。

「味噌は白みそとみりんかな。それに今日はちょっと肌寒いから、あったまっていいよね」

一皿五百円なので、材料代と手間ひまを考えると安いと思った。

田楽を食べたあと、ベンチでコーヒーを飲む史郎をよそに、梨花は手作りチョコレートの店の前で何やら物色し始めた。

やがて、半分金紙にくるまれた厚めの板チョコのようなお菓子を齧りながら戻ってきた彼女は、「はい」と言って、同じくらいの大きさの銀の延べ棒を差し出した。

——これは、チョコレートか。

その店では、カカオ五十五パーセントのビターチョコは銀紙に、マイルドなミルクチョコは金紙に包んで売っているという。

その時、「もしかして、今泉梨花さん?」と呼ばれた。振り向くと、三十歳前後の女性が中年の背広姿の男性と並んで立っている。

「河村先輩。朝倉先生も」

梨花はうれしそうに呼んで、史郎に紹介した。

女性は河村千冬といって書道学科のＯＧ。学生生活を共にしたわけではないが、社会人になってからも時々、大学のイベントに差し入れを持って応援に来てくれる先輩だそうだ。朝倉圭吾と名乗った男性は付属高校の日本史の教諭で、書道部の顧問をしているという。

「すぐそこで、先生にばったり会って」

と、千冬は笑った。その様子から、おそらく彼女も付属高校の出身者なのだろう。

「おお、そうだ、今泉。ひと足先に書道学科の教室に顔を出したんだが、夏目も来ていたぞ」

朝倉の言葉に、梨花は「えっ、夏目比美子先生が」と、顔を輝かせる。そして千冬に向かい、

「そういえば河村先輩は、夏目先生と同期で高校時代も同じ書道部だったんですよね」

「研鑽し合う仲だったということですか」

史郎も驚いて尋ねると、朝倉は言う。

「そうなんです。二人は私が顧問をしていた書道部の中でも、特に優秀な生徒でした」

千冬はあわてて胸の前で手を振った。

「とんでもない。ただ部活が同じだったというだけですよ。夏目さんはあの頃から、周囲とは別格でした」

「そうかなあ……河村だって、夏目とタイプは違うがいい素質を持っていたと思うよ。それに努力家だし」

「書道家になりたいって、夢を持った時期もありましたけど……」

千冬は苦笑しながら、今は市内の広告代理店に勤めています、と言った。

彼女の話では、夏目はもともと母親が書道教室を開いていて、幼い頃から書に親しみ、高校三年生の時には国際高校生選抜書展——通称「書の甲子園」——の個人の部で最高の文部科学大臣賞を受賞したという。

「もっとも夏目はそれ以前から、この大学のＯＢでもあり書道の普及に熱心な城之内(じょうのうち)蘭鳳(らんほう)先生に見いだされ、指導を受ける機会も多かった。教師の俺でさえ、羨ましいくらいだったよ」

城之内蘭鳳といえば有名な書家で、京都府書道界の重鎮といわれている。

朝倉の話では、彼は教育関係者にも顔が利き、府下でも書道科、書道部のある大学や高校の学園祭や文化祭に出向いては展示を鑑賞して指導したり、市民書道展の審査員を務めることもあるという。有望な若者の中から弟子を取ることもあるらしい。

「城之内先生、高校の文化祭に来てくださったことがあったんだよ。私も直接、アドバイスをいただいたの」

梨花は誇らしげに言う。

「そういえば今年の書の甲子園の結果発表、そろそろじゃないですか。近畿大会では優勝してるんですよね」

梨花は期待感に眼を輝かせながら朝倉に聞く。付属高校では毎年作品を応募しているらしく、梨花も後輩たちのことが気になるのだろう。

彼女の話では、まず地区ごとに予選が行われ、それを突破した十校のみが全国大会、つまり書の甲子園に駒を進めることができるという。

朝倉は「うーん」と頭を掻いた。

「残念ながら今年は入選には届かなかったよ。個人の部でも選ばれた者はいない」

「そうですか……残念です」

千冬が励ました。

「また頑張ればいいじゃないですか。全国大会の常連校をキープしているってことだけでも、すごいことですよ」

梨花は尋ねる。

「団体の部の優勝校は、どこなんです」

書の甲子園では個人賞と団体賞があり、個人賞では「臨書の部」と「創作の部」でそれぞれ一名ずつ優勝者——つまり文部科学大臣賞受賞者——が選ばれ、団体賞では最も評価された高校書道部が選ばれる。

高校生の時も、朝倉や仲間たちとこんなやり取りをしていたのだろうか。梨花にとってはまだ記憶に新しい思い出だろう。

「宮城県の仙台育英学園だ。彼らはこれで、三度目の全国制覇を成し遂げたことになる」

「あそこはもともと、強豪校ですからね」

と、千冬。仙台育英学園は、野球の甲子園でも常連校だ。知らない人が聞いたら野球の話だと思うに違いない。

「気を落とすな、今泉。河村の言うとおり、俺らにだって実績はある。夏目が個人の創作の部で文部科学大臣賞、おまえが副部長を務めた年には、団体で準優勝まで勝ち進んだじゃないか。上を目指すのは、これからだ」

「そうですね。後輩のみんなには、もっともっといい作品を書いてほしいわ」

千冬は、肘で朝倉の腕をつついて言う。

「梨花さんだって、いろいろ予定があるでしょう。あまり長話をするのは……」

朝倉は、はっとした顔をして言った。

「そうだったな。すまん、すまん」

「じゃあ、また発表会の後で会いましょう」

まだいろいろ語りたそうな朝倉を促し、千冬は史郎にも会釈して離れていった。どうやら行動を共にするようだ。久しぶりの再会で、積もる話もあるのだろう。

「書道も競争の激しい世界なんだな」

史郎の率直な感想に、梨花は頷く。

「そうね。書道はもともと競争するものじゃないけれど、評価を求めるとなるとね。

でも書道家になるのは、また次元が別。実力だけじゃなく、運と指導者に恵まれた、ほんのひと握りの人たちだけがなれるのよ」

　気がつくと、目の前で女子大生が手を振っている。

「あっ。京子（きょうこ）」

　京子と呼ばれた梨花と同年配のその学生は、史郎に「こんにちは」と挨拶すると、

「ねえ、梨花。鴨井（かもい）教授、見なかった？　今日のイベントの件で、確認事項があるんだけどな」

「見かけてないな。ごめんなさい」

「そう。ならいいわ――じゃあ、あとでね」

　急いで行こうとする京子を、梨花は労（ねぎら）う。

「いろいろたいへんね。チョコ食べる？」

「せっかくだけど、まだバタバタしそうだから……ありがとね」

　走り去る後ろ姿を見送りながら梨花は、

「彼女は、私と同じ書道学科三回生の桜庭（さくらば）京子さん。学園祭の実行委員をしているの。さっき先生が、私が高校時代に書道部の副部長をしてたって言ったでしょ。その時、

部長だったのが京子なの」

食べ歩きもそこそこに、二人は少し早めに展示場になっている書道学科の教室に行き、学生たちの書いた作品を鑑賞した。

三十畳ほどの教室には、壁に並行してパーテーションが設置されていた。パーテーションには掛け軸に貼られた書道作品がずらりと並んでいる。全部で約六十作品ほどあるだろうか。梨花の話では、書道学科の学生数もおよそそのくらいだそうだ。

さらに入口の左手奥には「書道体験コーナー」と書かれた立て看板があり、ゆったりしたスペースに長机と椅子が設置されている。ちょうど中学生らしき女の子が筆を取っていて、傍らの学生から指導を受けつつ、なにやら漢字を書いている。これが、梨花の言っていた書道教室という企画だろう。

史郎は店で筆や墨、硯（すずり）などの文房具を扱っていることもあり、また梨花から書道関係の話をいろいろと聞いてもいたので、書道についての知識はひと通りある。

展示作品を見ると『九成宮醴泉銘（きゅうせいきゅうれいせんめい）』や『雁塔聖教序（がんとうしょうぎょうじょ）』など、中国の初唐時代の名書を臨書——書の古典作品を模写すること——した楷書（かいしょ）の作品が多いが、なかには漢字かな交じり書で現代短歌を書いたもの、楷書よりも象形文字に近い篆書という字体で漢詩を書いたもの、さらに全紙（六九×一三六センチ）に「蒼天」と大きく横書きにした大字書と呼ばれる作品などもあって人目を引いている。大字書は作品によって字の大きさも書体も様々で、一見、墨で殴り書きしたように見える作品も、よく見ると字と余白のバランスが見事に取れており、躍動感が伝わってくる。

ちなみに書道学科は女性が多いのか、女子学生の名前が目立つ。

不意に梨花の作品を見つけた。

「梨花は『かなの書』を書いたのか」

史郎は、軸に料紙が貼られた作品の前で梨花を振り返った。

料紙とは書道のかな作品用に装飾、加工された紙のことで、和紙に和風の色や模様がつけられている。もともとは「書き物をするための紙」という意味があり、平安時代には詩歌を美しく書くため、染めや装飾の施された上質な料紙が製造されていた。書道のかな作品用の料紙には、当時の雅な雰囲気が再現されているのだ。

軸に横向きに貼り付けられた料紙は、B4とほぼ同じ半紙サイズのものだ。黄色や橙、薄青などの柔らかな色合いがぼかしたように連なって染められ、その上にキラキラ光る細かい金箔(きんぱく)や銀箔が貼られている。

そんな華やかな料紙全体に、流れるようななかな文字が書かれていて、左下に「源氏物語絵巻　今泉梨花　臨」と記され、その下に朱色の落款(らっかん)が押されていた。落款は「梨花」の文字を篆書で彫ったものである。これは書き手の署名に当たるもので、「源氏物語絵巻を、今泉梨花が臨書したもの」という意味になる。

「私、かな文字で書く日本の古典に興味があるの。繊細で雅だけれど、時にはっとするほど大胆になったりもする、そんなかな文字の表現が好き」

感受性が豊かな反面、負けず嫌いなところもある梨花には向いているのかもしれない。

書を志す者は、最初はひたすら古典の名作を臨書して基礎を固めるというが、徐々に自分の好きな分野を見つけることで、個性が分かれていくのだろう。

「今泉」

模擬店の前で会った千冬と朝倉が、教室に入ってきた。

墨聖堂の新作墨発表会の準備にかかるまでには、まだ少し間がある。

「今日は付属高校時代の書道部のみんなと会えるかもしれないと思って、夏目や河村の高校時代の部活のアルバムを持ってきたんだ」

「えっ、うれしい。私、高校時代の夏目先生の作品が見たいです」

朝倉が誘うのは、おそらく梨花が夏目比美子に憧れているのを知っているからだろう。

「夏目と河村が高二の時の市民書道展に出した作品とか、書の甲子園の表彰式で大阪へ行った時の写真もあるぞ——榎本さんも、ご一緒にいかがですか」

「ありがとうございます。拝見します」

ランチタイムだからか、展示を見ている人たちも数えるほどで、先ほど「書道体験コーナー」で筆を取っていた女の子も、もう帰ったようだ。

四人で無人になった長机にアルバムを広げて談笑していると、いつの間にか書道学科の学生たちもやってきて賑やかになった。全員が女子学生で、やはり付属高校出身者が多いのだろう、彼女たちも千冬や朝倉とは顔見知りのようだった。

ちなみに梨花の話では、書道学科には男子学生もいるのだが、学園祭では全員、力仕事に駆り出されていて、教室にはなかなか来られないそうである。

「夏目先生、可愛い。アイドルみたい」

「この頃から、華があったのね」

「夏目はむらっけがあってな。部活を抜け出して、遊びに行ったこともあったんだぞ。罰として、翌日は部員みんなの墨を磨(す)ってもらったのさ」

「悪のりが過ぎますよ、先生」

女子大生たちの笑いに交じって、穏やかな声が呼びかけた。

みんなが思わず顔を上げると、着物姿の長身の女性が、にこやかに立っている。

「夏目先生、来てくださったんですね」

「梨花ちゃん。久しぶり」

梨花だけでなく、その場にいる学生たち全員が、熱狂的なまなざしを向ける。

「こんにちは、みなさん。今日は墨聖堂さんにご招待いただいたの。よろしくね」

梨花に紹介されて挨拶を交わしたものの、専門外である書の有名人と長話できるわけもなく、見る間に周囲に人垣ができた比美子から離れ、史郎は再び展示されている作品の間を歩き始めた。

「お兄ちゃん。どうしたの」

梨花が追いかけてくる。

「いや、ちょっと気になることがあって」

史郎は周囲に掛けられた作品から一枚を選んで、作者の署名の下に押された朱色の印影を指した。

「これだけど、展示や賞に出すような清書作品には一律、こんなふうに自分の名前の落款を押すのが決まりなのか」

「そうね。必須ってわけじゃないけど、ある程度書道をやっている人ならみんな、自分の落款印を持っているわ。書の作品は、最後に名前を書いて、落款を押してはじめて完成なのよ」

「ふうん。たしかに、白黒の作品に朱色の印を押すことで、作品全体が引き締まるってことはあるよな」

「ここにある作品だって、みんなそうでしょ」

「さっき朝倉先生に写真を見せてもらった、夏目さんの高校時代の市民書道展の作品にも、それぞれ落款があった。部活で書道をやっている高校生なら、ひとりひとりがそのハンコを持っているってことだよな」

「そうよ。なんで、そんなに落款にこだわるの」

一瞬の間が空いたが、史郎は、

「いや。専門業者に頼んで、部員ひとりひとりの名前を印材――石だっけ？　――に彫ってもらうとなると、ずいぶん高くつくんじゃないかと思って。高校書道部の部費だけで足りるのか」

と、もっともらしい疑問を口にした。

「ああ、それなら大丈夫。印材の値段はピンキリだけど、安いものも売っているから。それに、落款印は自分で彫るのよ」

「えっ、そうなのか」

これは意外だった。

印を彫ることを篆刻というそうだが、梨花によれば専門技術を使うような難しい作業ではないという。

落款印は通常、自分の名前を篆書で彫る。そのため、まず篆書字典で該当する文字を調べて印材の石に直接手書きし――そのさいは、鏡文字になるように書かなければならない――その線に沿って、印刀（いんとう）と呼ばれる彫刻刀で文字を彫るのだ。

「思ったより簡単なんだよ。私も高校の書道部で落款印を彫ったけど、一時間くらいできたもの」

梨花の話では、市民展や書道コンクールなどに作品を出品するようになる高校一年生の秋口までには、各々（おのおの）が自分自身で篆刻して落款印を作り、それ以降は卒業まで同じ印を使い続けるという。

「……そうか。よくわかったよ」

史郎はそれ以上、何も言わなかった。

それから三十分後の午後一時。展示用のパーテーションは壁際に寄せられ、机や椅子の配置も変えられて、書道学科の教室は墨聖堂の新作墨の発表会場に早変わりした。史郎は他の客とともに、部屋の前寄り、教壇近くに並べられたパイプ椅子に座る。教卓は部屋の隅に片づけられ、その代わりに教壇には大きめの長机が設置されていた。

まもなく墨聖堂の営業担当者二名が、書道学科の教授に先導されて会場に現れると、ホスト役である学生たちのあいだから拍手が起こった。

比美子も、担当者らに挨拶している。

墨聖堂の人たちは教壇上の長机の上に、何種類かの固形墨を持っていた紙袋から取り出して並べた。販売用のものは桐(きり)の箱に入っており、それぞれ見本品がひとつずつ置かれている。

「みなさん。本日は弊社固形墨の展示・発表会にご協力、ご来場いただきまして、まことにありがとうございます。どうぞお気軽に手に取って、墨の魅力をお楽しみください」

墨を並べ終わると、丸顔で小太りの担当者が笑顔で挨拶した。

「そして、これが本日の目玉、弊社新作墨の『金巻(きんまき)の緑風(りょくふう)』です。書道作品の清書用として、自信を持ってお勧めします」

もうひとりの痩せぎすの担当者が、立てた桐箱を胸の前に掲げる。

桐箱の中には、黄金色に輝く墨が三丁収まっていた。墨は七丁型と呼ばれる大きめの直方体で、表には濃い緑色で『緑風』と書かれている。

乾燥を防ぐため固形墨に金箔を巻くのは珍しくないが、こういう演出があると、店頭に並べるよりさらにインパクトがあるだろうなと想像する。

「綺麗(きれい)やわあ」

「なんか、超豪華やん」

その場にいた二十人あまりの者たちは、学生、一般客を問わず、早くもスマホのシャッターを切り始めている。史郎も、ミーハーに見えるのを承知でそれに倣った。

その後は即売会も始まって、会場はさらに賑わった。

史郎は頃合いを見計らって、墨聖堂の担当者らと名刺を交換する。

「うちの店でも、祖母の代から墨聖堂さんの墨はいくつか置かせていただいています。だいたい中高生くらいまでが使う習字の練習用がメインなのですが」

「それは、たいへんお世話になっております。これを機に金巻の緑風もぜひご検討ください。もちろん外見の美しさだけではなく、品質も保証させていただきます」

山科（やましな）と名乗った丸顔の担当者は、そつなく勧めてくる。見た感じ、穏やかで話し上手なタイプのようだ。

金巻の緑風の店頭価格は、一丁一万七千五百円だという。ちなみに、墨は一丁二丁と数える。

史郎は山科の説明に頷きつつ、展示されている他の墨にも注目した。

大きさは手ごろな一丁型から大きめの八丁型まで、いろいろな墨が揃（そろ）っている。デザインは、黒墨に青や緑で『春蘭』『白鳳』などの文字が書かれたシンプルなものもあれば、奈良県にある国宝・正倉院の宝物のモチーフを採り入れた美しい図柄入りの墨もある。

あたりには微かに、墨独特の芳香が漂っていた。

固形墨は、植物性の油脂を燃やした時に出る煤を、動物の骨や皮や筋などに水を加え煮沸抽出した膠と呼ばれるゼラチンで固めて作る。この煤と膠の溶液を混和して練り合わせる工程で、膠の匂いを隠すため龍脳や麝香などの香料を入れて揉み込むのだ。

史郎は、それらの墨を観察したうえで尋ねる。

「品質は疑うべくもありません。先代の祖母も、御社の墨には信頼を置いていました。ただこの金巻の緑風に、書道作品を制作する側にとって魅力的な特長があるのであれば、ぜひ、ご教示願いたいのですが」

「それは良い質問です」

山科は、うれしそうに言った。

気がつくと、傍らにいる比美子も、このやり取りに耳を傾けているようだ。

「金巻の緑風の製造にあたっては、固形墨に含まれる膠の量の調整に、これまで以上に配慮しました」

山科の説明によると、まず固形墨の製造過程で一定量の煤に配合される膠の量は決まっているわけではなく、膠量を変化させることで様々な用途に対応し、表現に個性を持たせる墨を製造できるのだという。

一般的に墨は一律、黒いと思われがちだが、実際には水で薄めたり膠の配合を変えたりすることで色合いが変化する。膠の量が増えるほど濃く磨った濃墨では黒味が減ってグレーが増し、墨を薄めて使う淡墨(たんぼく)づかいでは、墨の持つ青みや茶色が活(い)きて澄んだ色合いときれいな滲(にじ)みを出すことができる。逆に膠量が減るほど筆運びが軽くなり、黒が強く表現できるのだ。

梨花もそばに寄ってきて、真剣なまなざしで山科に問う。

「私は、かなの書を練習しています。技量はもちろん必要ですけど、かな文字が美しく書ける固形墨ってありますか。清書用に、品質の高い墨を用意しておきたいんです」

「なるほど。かな書の清書用なら、なるべく膠の含有量の少ない固形墨を使ったほうが、黒味の強いシャープな線が出せますよ」

山科は、展示用の墨から小ぶりの固形墨の見本品をひとつ手に取った。

「これは膠五十五パーセントの『みやび』という墨ですが、これなら自信を持ってお勧めできます」

墨を購入する梨花からは、期待感が滲み出ていた。

「そういえば商品には、固形墨に含まれる膠の割合が表示されていますね」

史郎は、固形墨の小箱をひとつ手に取って観察する。

こちらは見本の墨とは違って一丁一丁、桐箱に入れられ机上に積まれていたものだが、その小箱の表に「70／膠使用料」と印字された小さな丸いシールが貼られているのだ。

「『この墨には、煤百に対して七十パーセントの膠が配合されています』という意味ですね」

「そうです。これも、各々の用途と理想の表現に適した墨選びの参考にしていただくためです」

墨聖堂のもうひとりの担当者、入江が頷く。

「そこで金巻の緑風ですが、この製品は煤百に対し九十五パーセントという高濃度の膠が配合されており、淡墨――つまり金巻の緑風を薄めて書いた作品では芸術的な美しい滲みが堪能できます」

つまり金巻の緑風は、淡墨で書く作品に強烈な個性と美しさを付与できるということだろう。

「何度も何度も試作を重ねて、この墨を完成させてくださった墨聖堂さんには、本当に感謝しています。城之内先生も、きっとお喜びになると思います」

それまで黙って史郎たちのやり取りを聞いていた比美子が、改まって感謝した。

「城之内先生も、金巻の緑風についてはご存じなんですか」

意外な気がした。比美子が指導を受けた書家・城之内蘭鳳は、この新作墨とどうかかわっているのだろう。

「そうなんです。城之内先生は、もともと墨聖堂さんとはご昵懇の間柄で」

比美子の紹介に、入江も誇らしげだ。

「もともと金巻の緑風は、先生の『これまでにない芸術的な滲みの出せる墨を』というご要望を受けて試行錯誤を重ね、製造したものなのです」

一般的な墨の製造工程では、煤と膠を練り上げ香料を揉み込んだあと、型に入れて形を整え乾燥させる。この型出し後の乾燥が二段階に分かれていて、まず木灰の入った箱に入れて乾燥させる「灰乾燥」が一～三か月、次に箱から出し、一丁一丁、稲藁で数珠つなぎに縛って吊り下げ、自然乾燥させるのに半年〜一年かかるという。

二人の話によると、金巻の緑風はさらに歳月と創意工夫を要した。

墨は煤と膠と香料で作られるが、煤の種類によって油煙墨と松煙墨に分けられる。菜種油を燃やした煤から作られるのが油煙墨、松脂を多く含む赤松の木を燃やしその煤から製造されるものを松煙墨という。現在主流になっている油煙墨は原料の煤の粒子が均一なため、純粋で美しい安定した墨色を出すことができる。

しかし金巻の緑風は、黒の中にも芸術的な色合いを出すことを求められていたため、松煙墨を使って試作を繰り返した。松煙墨は大小混ざった複雑な粒子で、かつ多少の不純物も混ざっているため経年変化が大きく、歳月を経るごとに黒味が強くなったり、青が増したりするのだそうだ。

さらに煤と膠の配合の仕方も変え、時間とともに色がどう変わるかも詳細に記録した。

そうやって十年が経ち、ようやく製品化できたのが金巻の緑風なのだという。

入江は誇らしげに言った。

「特に金巻の緑風を淡墨にすれば、松煙墨の特徴である青みがかったグレーのなかでもこれまでにない幻想的な色合いが表現できるかと」

城之内は「書道作品の制作にあたっては、己の技量を高めるべく研鑽を怠らないのはもちろんのこと、そのために使う道具にも気を配らなければならない」というポリシーの持ち主で、筆、墨などの道具の品質には、特にこだわっているそうだ。

「先生はよくおっしゃいます。道具を選ぶ時点で、すでに自分との戦いは始まっている、と」

梨花をはじめ、その場にいる学生たちは全員、神妙に耳を傾けている。

「いえ、あまり深刻に受け取らないで。優れた品質の墨や筆になるほど高額だし、それを全部買えという意味ではないのよ」

比美子は笑顔を見せる。

城之内もその点はよくわかっていた。特に墨については、一方的に高額なものを勧めるのではなく、弟子たちが経済的な理由から不本意な墨選びをすることのないよう気を配り、時には援助もしているという。

「と、いうことで」

山科が声を潜めた。

「うまくいけば、このあとサプライズがあるかもしれませんよ」

入江も、意味ありげな笑みを浮かべて頷く。

この時は「と、いうことで」の意味がわからなかったが、まもなく本当にサプライズが起こった。

墨の即売会が一段落すると、墨聖堂の入江と比美子、それに書道学科の教授が一緒に教室を出て、別室で何やら相談している様子だった。しばらくして、

「みんな、大変よ」

学園祭の実行委員をやっている京子が教室に飛び込んできた。

「例の企画、微妙だったけど、できることになったわ。夏目先生が、これから金巻の緑風で作品を書いてくださるのよ」

騒然となった学生たちをさらに煽るように、校内アナウンスが流れる。

――当学園祭へお越しのみなさま、ならびに本学生のみなさん。本日午後三時より、一号館正面玄関前広場にて、本校書道学科OGで書道家の夏目比美子先生による揮毫パフォーマンスを行います。なお使用される墨は、本日、発表会で披露された墨聖堂の新作墨『金巻の緑風』です。

「なんやの。きごうパフォーマンスって」

一般客の中には、まだぴんとこない者もいるようだ。

「揮毫ゆうたら、大きい筆に墨をつけて、大きい紙の上に字を書くことやろ。有名な書道家の先生が来てはるらしいで」

その時、比美子が教室に入ってきた。

「夏目先生、アナウンス聞きました。先生の書の実演が見られるなんて、なんてラッキーなの」

梨花は興奮のあまり、ほとんど度を失っている。

「すごいぞ、夏目。こんな企画があったなんて、聞いてなかったぞ」

朝倉も、満面の笑みを浮かべていた。

「すみません。できるかどうか微妙だったもので……急いで実演の準備をしないといけないわ。みんな、手伝ってくれる？」

「もちろんですっ」

「まかせてください」

甲子園球場かと思うような周囲の盛り上がりをよそに、

「なるほど。さっきおっしゃっていたサプライズとは、このことでしたか」

史郎は、墨の即売会のためその場に残っていた墨聖堂の山科を振り返った。

山科は頭を掻くと、

「いや、曖昧な言い方をしてしまってすみません。屋外でのパフォーマンスとなると、にわか雨の心配がありまして。最終的に決まったのは、つい先ほどなんです」

「なるほど。たぶん大勢の見物客が来るでしょうから、この教室での実演は難しいでしょうね」

時計を見ると、午後一時四十五分だ。急遽決定して、約一時間後に実演ということか。

比美子は、今日の目玉である固形墨・金巻の緑風の魅力を最大限に引き出すような書を書くつもりなのだろう。それはすなわち、「淡墨で書く」ということだ。

史郎は山科に言った。

「夏目先生なら、さきほど入江さんが説明してくださった淡墨の芸術的な滲みと色調を体現してくださるはず。僕も楽しみです」

だが、それにはひとつ問題があった。史郎は後ろにいた梨花を振り返る。

「でもパフォーマンスには、墨が一リットルくらい要るんだろう。これから一時間ちょっとで磨れるのか」

墨は、力を入れて速く磨ろうとすると粒子が粗くなり、良い墨色が出ないため、ゆっくり軽やかに磨らなければならない。したがって時間がかかる。

解決策としては、数人がかりで墨を磨ればいいわけだが、金巻の緑風は思った以上に好評で即売会で買い求める人が多かったため、販売用はすでに売り切れ、当初、桐箱に入れて展示用にしていたほうも、三本のうちすでに二本が売られていた。

「それは大丈夫」

書道学科の学生たちの大半は、パフォーマンス会場の設営のため正面玄関前広場に散っていたが、梨花たち数名の学生は教室に残って、実演に使う書道用品や黒子と呼ばれる補助役の衣装などを用意している。千冬や朝倉も協力していた。

梨花は、硯や水入れなどの準備にかかっていた。墨聖堂の山科から借り受けた金巻の緑風の最後の一丁は、彼女の手元にある。

「私は会場でこの墨を磨るんだけど、それは金巻の緑風をユーチューブ用に収録するためよ。実際に使う墨液の大部分は、すでに磨られたものを墨聖堂さんに持ってきていただいているの」

「ちょっと待て。ユーチューブって、誰が撮るんだよ」

「私が」

厳かに手を挙げる山科の顔には「ぬかりはありません」と、書いてある。

「墨液は、もちろん金巻の緑風を磨ったものです。墨は磨ってから時間をおくと、質が落ちてしまいますからね。今日こちらに伺う前に私と入江で磨っておきました。無駄にならなくて、よかったです」

梨花は、持っていた金巻の緑風を、

「パフォーマンスまでまだ一時間ほどあるので、高価な墨ですから、念のためこちらで保管しますね」

と言って、教壇の横に設置されていた据え置き型の金庫に入れた。聞けば、ここ書道学科の教室で貴重品を保管するために使っているという。普段は講義に使う珍しい資料や文献などを入れていることが多いそうだ。

また今年は墨メーカーを招いての墨の即売会だったが、過去の学園祭では学生たちが筆や硯の販売、有料で手作り落款づくりなどをやっていたことがあり、現金を入れておくのにもたびたび使っていたようだ。見たところ、ダイヤル式でかなり古い。

「梨花ちゃん」

その時、千冬がやってきて銀紙にくるまれたチョコレートを差し出した。

「お疲れさま。カカオ五十五の方だよ。よかったら、食べて」

「わあ。河村先輩、ありがとうございます」

梨花は喜んで受け取る。

史郎はしばらく、忙しそうに準備する梨花を見守っていたが、パフォーマンス会場の準備を手伝うことにして、教室を離れた。

午後二時三十分。

会場である一号館正面玄関前広場は、高さ五〇センチ、縦五メートル、横三メートルほどのステージが置かれ、ブルーシートで覆っている最中だった。このブルーシートの上に、縦三メートル×横一・六メートルほどの書道用の画仙紙を広げれば、実演の準備は整う。

ステージといっても低いものなので、周囲の観客席からは揮毫の様子がよく見えるだろう。

その観客席の椅子出しを手伝っていると、背後から声がした。

「榎本さん。すみません」

振り返ると、パフォーマンスのため袴姿になった比美子が立っている。

こんな有名人に名前を覚えられたのは、梨花の保護者だからだろう。もしかしたら比美子は梨花に目をかけてくれているのか、とうれしくなった。

「このステージに、墨を磨るための長机を置くのですが、梨花ちゃんの立ち位置がいまひとつぴんとこなくて……確認したいので、すみませんが呼んできてもらえませんか」

「わかりました。向こうもそろそろ、準備ができていると思いますよ」

史郎は快く引き受けると、書道学科の教室に戻った。

「梨花。夏目先生が、ちょっと会場まで来てほしいって――」

しかし、周囲のただならぬ雰囲気に言葉を呑み込む。

「お兄ちゃん……」

梨花は、泣き出しそうになっていた。

「どうしたんだ」

「墨がないのよ。金巻の緑風が……たしかに、この中に入れておいたのに」

と、言って、教壇の横に設置された金庫を指す。

金庫の扉は開いており、中には何も入っていない。

聞けば梨花は、史郎が教室を離れてすぐに金庫に墨をしまってダイヤルロックをし、そのまま作業を続けていたが、捜し物をするためほんの数分、教室を離れた。戻ってきてから、自分の担当する備品がすべて揃っているか最終チェックをしようとダイヤルを暗証番号に合わせて金庫を開けたところ、金巻の緑風がなくなっていた、というのだ。

墨を保管していた据え置き型の金庫は、ダイヤル式といっても操作はごく簡単で、二桁の暗証番号を設定して開閉するようになっていた。しかもこの暗証番号は簡単に変更でき、書道学科で金庫を使用するときは担当責任者を決め、担当者がその都度、以前の番号をリセットして暗証番号を新たに設定し直し、管理するというのが慣例となっていた。

そして今回の担当責任者である梨花も、揮毫パフォーマンスの開催が決定し金庫に墨を保管することにした時点で暗証番号を決め、新たに設定し直している。

「勘違いで、墨を金庫に入れていなかったのかもしれないわ。もう一度、みんなで部屋の中を捜してみましょう」

千冬が、取りなすように言った。

「いいえ、先輩。さっきみんなで散々、捜したじゃないですか。それに、今泉さんが墨を金庫に入れてロックするところを、私も見ました」

居合わせた学生のひとりが、非難がましい目を梨花に向けている。

梨花は新番号を誰にも教えていなかったので、暗証番号は彼女しか知らないことになる。そのため他の者たちは、梨花が墨を取り出してどうにかしたのではないかと、疑っているようだ。自分でもそれがわかるのだろう、梨花が追い詰められ、混乱しているのが傍目にもわかった。

「梨花。きみが設定した暗証番号は五十五かな」

梨花は驚愕に目を見開いた。

「そ、そうよ。どうしてわかったの」

驚いているのは、周囲も同じだった。

史郎は、梨花と他の者たちに交互に視線を投げつつ、

「墨聖堂さんの墨の即売会以降、梨花の周囲で起こったことを考え合わせれば、彼女が設定しそうな暗証番号は、誰でも推測できますよ」

まず墨の即売会で、梨花は墨聖堂の担当者・山科と話し、かな文字の清書用に適した墨選びについて「当社の製品で『みやび』という膠五十五パーセントの固形墨をお勧めします」と、アドバイスを受けている。

そして梨花が山科から金巻の緑風を預かった時、千冬が梨花に話しかけるのを、史郎は聞いていた。彼女はチョコレートを渡しながら「お疲れさま。カカオ五十五の方だよ。よかったら、食べて」と、言っていた。

「ええ、そうよ。河村先輩は、模擬店のチョコレートを差し入れてくれたの」

梨花は自分でもミルクチョコを買って食べていたはずだが、せっかくの千冬の厚意なので、礼を言って受け取ったのだろう。

つまり、梨花は奇しくも五十五という数字をまた聞いたことになる。短い時間のあいだに全く違う状況で二回、同じ数字を耳にしたら、誰しもその数字が印象に残るはずだ。

梨花は頷き、「今日はこの数字にご縁があるな。ラッキーナンバーかな」と思って、それをそのまま暗証番号に設定したの、と言った。

「その二つのやり取りは、ここにいる誰もが聞いている可能性があるのか。だから梨花以外の誰かが、暗証番号を推測して金庫のダイヤルロックを開け、墨を持ちだすこともありえるということね」

京子が賛同した。どこかほっとしたような表情に見えるのは、内心で梨花のことを心配していたのだろう。

しかしだからといって、墨が見つからない以上、この窮状は変わらない。

「困りました。金巻の緑風は、もうあの一本しかないんです。いちばん近い京都支店から取り寄せようにも、パフォーマンスには間に合いません」

パフォーマンス開始予定時刻まで、あと二十分。墨聖堂の山科も頭を抱えている。

入江のほうは、書道学科の教授らと打ち合わせでもしているのか、ここにはいない。

「ちょっと待て、桜庭。今の話だが、きみは誰かが故意に墨を隠したと言いたいのか」

朝倉は眉根を寄せていた。

「私だって、そんなことは考えたくありません。だけど墨が自然消滅するわけじゃないし、それ以外にありえないじゃないですか」

彼女を非難する者はいなかった。この状況では明らかに、ここにいる誰かが盗んだと考えるのが自然だったからだ。

「梨花。みなさん」

史郎は一同を見渡して尋ねる。

「墨を金庫に入れてロックしてから無くなっていることに気づくまで、梨花以外にこの教室を離れた人はいますか」

誰もが首を振る。

「では、どなたか部外者の人が入ってきたということは？」

京子が皆を見回して、頷き合ってから答えた。

「いいえ。それもありません。ここにいるのはそんなに大人数じゃないし、部外者が来れば誰かが気づくはずよ」

梨花も頷いている。

「それなら、誰かが盗んだとしても、金巻の緑風はまだこの教室のどこかにある――もしくは、その誰かが持っているということになりますね」

史郎の指摘に、千冬が言いにくそうに答える。

「盗みとか信じたくないけど……この部屋のどこかにあるのは確かかな」

「どうでしょう、みなさん。イベントを無事行うためにも、ひとりひとりのバッグを開けて持ち物を確認させてもらうというのは」

史郎は、同意を求めて全員を見渡した。

朝倉が、見るからに難色を示している。教え子たちの心中を慮（おもんぱか）っているのだろう。

「パフォーマンスまで時間がありません。僕も心苦しいですが、今できるかぎりのことをしないと……」

――憎まれ役は僕のような部外者がしたほうが、あと腐れがなくて誰しも気が楽だろう。

「私は、学生たちをあからさまに犯人扱いするような、そんなやり方は反対です」

案の定、朝倉が言い放った。

「それに、そうまでして墨の現物を捜す必要があるんですか？　パフォーマンスに必要な墨液は、十分な量が用意できているわけですし、新作墨の発表会と違って、お客さんは夏目の揮毫を見に来るわけだから――金巻の緑風は美しい墨だが、屋外の客席からは、どのみち小さくてよく見えないでしょう。必ずしも、会場で今泉が墨を磨る必要はないんじゃないでしょうか。墨聖堂さん、どうですか」

「言われてみれば、そうよね」

それも一理あると、何人かが頷く。しかし、

「金巻の緑風は必要です。ユーチューブの動画で、現物をライブ配信しますから」

山科は突っぱねた。穏やかそうな顔には、強い決意が表れていた。

「ですから、その部分は割愛して、金巻の緑風の紹介だけにとどめるとか、ライブではなく後日、現物を収録して編集し直すとか、いくらでも方法はあるでしょう」

食い下がる朝倉に、山科が言う。

「しかし、固形墨・金巻の緑風を今日、ライブ配信することは、夏目先生の強い希望でもあり……」

「私が夏目に話します。夏目だって、後輩たちに犯人捜しをさせてまで、墨にこだわることはないと思います」

「夏目さんが墨の現物を見せたいのはもしかして、城之内蘭鳳先生がお見えになっていないことと関係があるのですか」

史郎の指摘に不穏な気配を感じたのか、一同は沈黙した。山科は山科で、驚いたような、なぜわかったのかと問いかけるような視線を投げてくる。

「城之内先生は、書道を志す若者のために普段から学園祭や文化祭の展示場に出向いて指導したり、書道展では率先して審査員を務めたりなさっていると伺いました。しかも今日の学園祭では、先生のたってのご要望を受けて製造した金巻の緑風の発表会まで行われている。本来なら、先生はこの場にいらっしゃりそうなものです。そうでないということは、よほどのご事情があったとお察しします」

山科は、目を伏せた。

「夏目先生からは、心配をかけるから、みんなには黙っていてくれと言われていたのですが……城之内先生は入院中で、大きな手術を控えておられるのです」

「そんな……城之内先生が」

梨花は両手で口を覆った。一同のあいだに、不安げなざわめきが広がる。彼らにとっても、城之内は親身になって指導してくれる恩師なのだ。

「知らなかった……先生のご容態は、よくないんですか」

朝倉も動揺を隠せない。

「先生は強気ですが、ご高齢ということもありまして——難しい手術になるかと」

「じゃあ夏目先生は、恩師である城之内先生を元気づけるために、金巻の緑風で揮毫をしようとしているのかな」

梨花の言葉に、京子も頷く。

「きっとそうよ。それなら、揮毫だけでなく恩師の要望で試作を重ねて完成した墨の現物を、ライブ配信で見せてあげたいという夏目先生の気持ちもよくわかる。城之内先生はきっと、病院で動画を見ていてくださるはずよ」

「そうだったのか……山科さんたちの気持ちも知らず、勝手なことを言ってすみませんでした」

山科に頭を下げた朝倉は、改めて学生たちに向き直る。

「みんな、俺からも頼む。各々の手荷物を開けて見せてほしい。もちろん、俺もそうする。異論のある者はいるか」

手を挙げる者はいなかった。

「私もお見せします。そうしないと不公平ですからね」

山科も進み出た。

全員が、粛々と鞄やらデイパックを持ってきて、空いている長机の上に中身をあけた。

内容品は、ハンカチ、テッシュ、折り畳み傘、飲み物の入ったペットボトル、化粧ポーチ——中に化粧品が入っていることも確認した——学園祭のパンフレット、文庫本、スマートフォンなど、みんな似たようなものだった。なかには、屋外に林立する模擬店で購入したと思しき大量のお菓子類を、恥ずかしげに並べる者もいる。

みんなでひとりひとりの手荷物をチェックしていったが、金巻の緑風は出てこない。

「みなさんは、揃ってチョコがお好きですか」

「ちょっとお兄ちゃん、なに呑気なこと言ってるの」

焦燥感がのしかかるなかで場違いに思ったのか、梨花が史郎に言う。

「ごめん、ごめん。でも見て」

長机の上には、墨聖堂の山科と朝倉以外の者——つまり学生全員と千冬の持ち物の中に、金紙や銀紙にくるまれたチョコレートが入っている。教室に入る前に、模擬店で梨花が買ってくれたものと同じだった。

「たしか、金色の包み紙の方が甘くまろやかなミルクチョコ、銀紙のほうがビターチョコでしたね。混ぜる割合によって特長が全く変わってしまうところあたり、ミルクとカカオの配合というのは、固形墨の煤と膠の関係によく似ていると思いませんか」

「榎本さん。今は、そんな悠長なことを言っている場合では……」

言いかけた山科が、なぜかはっとして言葉を呑み込んだ。

「そういえば、桜庭さん。模擬店前でお会いしたあとで、もう一度、買いに行ったんですか」

京子は史郎たちと出会った時、梨花がチョコをあげようとするのを、忙しいからと断ったはずだ。

「いいえ、違います。これは差し入れで、ここにいるみんなと一緒にもらったものなんです」

「お兄ちゃん。河村先輩は、私だけじゃなく、みんなにチョコを差し入れてくれたのよ」

梨花が横から説明する。

史郎の目線の先には、梨花のバッグと中身の私物が並べられており、その中に銀色の紙に巻かれたチョコレートがあった。先ほどの話に出てきたカカオ五十五パーセントのビターチョコだろう。

「そうです。頑張っているみんなに食べてもらおうと思って……もちろん、自分用にも買いましたよ。ほら」

千冬は笑みを浮かべながら、バッグから金色のチョコレートを出して見せる。

「榎本さん。いったい何の話をしているんです。チョコなんて、今は関係ないでしょう。早く墨を見つけないと……」

今度は朝倉が、たまりかねたように言った。

「すみませんが、もう少し確認させてください――河村さんに、ぜひともお願いがあるのですが」

史郎は自分のデイパックから、みんなと同じ大きさのチョコレートを取り出した。梨花にもらった銀紙のチョコだ。それを、困惑顔の千冬に差し出す。

「僕のと、交換してもらえませんか」

千冬の顔が強張った。

「これは梨花からもらったものなんですが、ご存じのとおりカカオ五十五パーセントのビターチョコでして。じつは僕、甘党で、本当はあなたが持っているミルクチョコのほうを食べたかったんです」

「まさか」

梨花が呟く。同様に、史郎の意図を察したらしい山科は、じっとこちらを凝視していた。

千冬はしばらくのあいだ無言で史郎を睨みつけていたが、やがて肩を落とすと、自分のチョコレートを差し出した。

礼を言って受け取った史郎は、そのまま金紙を剝がした。にもかかわらず、中身のチョコレートは金色のままだった。固形墨・金巻の緑風だ。

「残念。これは、食べられませんね」

全員が息を呑むなか、史郎は千冬を労わるように言った。

金巻の緑風が紛失した——状況からして、おそらく盗まれた——と聞いた時、史郎は、これは計画的な犯行ではなく、誰かが揮毫パフォーマンスを妨害する目的で、なかば衝動的に行ったことだと考えた。

なぜならパフォーマンスの開催は一時間前に急遽、正式に決定したものだからだ。

墨がなくなった時に書道学科の教室にいた者たちの中で、ゲストである朝倉と千冬は校内アナウンスを聞くまでは全くこの企画を知らなかったようだし、他の者たち——梨花や京子ら書道学科の学生と墨聖堂の山科——は、企画があるのは知っていたが決定事項ではなく、雨が降れば中止になることもわかっていた。

いずれにしても、行われるかどうかはっきりしない企画を妨害するために、犯人が事前に綿密な計画を練っていたとは考えにくい。犯人が犯行を決意したのは、一時間前の校内アナウンスの後のことだろう。

とはいっても、犯人は行き当たりばったりに墨を盗んだわけではなかったはずだ。

墨がなくなれば当然、みんな血眼になって徹底的に捜すだろうし、そんな時、盗んだ墨を持って現場を離れたり帰ったりしてしまえば間違いなく疑われる。だから、犯行後どこへ墨を隠せば安全かを急いで考えた結果、手近にあるものか、すぐに手に入れられるものを使った無理のない方法を思いついたのだ。

「河村さんは模擬店前で僕たちと会った時、梨花がチョコレートを買ったのを見ていますよね。犯行を決意したさい、そのことを思い出したんじゃないですか」

史郎に尋ねられた千冬は、もはや何の抗弁もせずに頷いた。

チョコが巻いてある紙を剥がして金巻の緑風を包み直せば、誰もがチョコレートだと思い、疑われずにすむだろうと考えたのだ。金巻の緑風はチョコレートより少し小さかったが、まんいちの場合は「ちょっと味見をしたから」とでも言えば怪しまれることはないと思っていた。

彼女はパフォーマンスの準備の手伝いを抜け出して模擬店からチョコを買ってくると、梨花が席を外すのを見計らって金庫を開け、金巻の緑風を盗んだ。そして教室の壁際に寄せられているパーテーションの陰に隠れるなりしてチョコレートの金紙を剥がし、チョコと墨を入れ替えた。そして、なにくわぬ顔で墨をチョコのように包装し直すと自分のバッグに入れ、チョコの方は食べたのだ。

「お兄ちゃんは、墨を盗んだのが河村先輩だって最初から見当をつけていたみたいだったけど、金庫の暗証番号はどうしたの？」

梨花も、それについては煮え切らない気持ちがあったのだろう。

「河村さんが梨花にチョコを差し入れた時、『カカオ五十五の方だよ』と言っていたのを僕も小耳にはさんだけど、ちょっと不自然だなと思ったんだ」

史郎は続ける。

「模擬店のチョコは、たしかにカカオ五十五パーセントのビターチョコかミルクチョコのどちらかだけど、そんなに数字を強調するだろうか、とね」

その時はあまり気に留めなかったが、墨が金庫から盗まれたのを知った史郎は、即座にぴんときた。

梨花と山科の会話の中で「膠五十五パーセント」という数字を耳にした千冬は、彼女に再度同じ数字を言ってやれば印象に残るだろうという、その心理を利用したのだ。

逆に言えば、千冬は梨花の設定した暗証番号を推測して解錠したのではなく、梨花の思考をうまく誘導して自分の思う暗証番号を設定させ、墨を盗み出したのだった。

千冬は告白した。

「でも、もしこの中の誰かが、墨とチョコがすり替わっている可能性に気づいたらと思うと、私は安心できなかった。手荷物を検(あらた)めるような事態になったら、毎日、固形墨を見ている墨聖堂の山科さんや朝倉先生なら、チョコの形を見て墨を思い出し、このからくりに気づくかもしれない――だから考えたの。それならここにいるみんなが、近場の模擬店で売っているチョコをそれぞれ買って持っていると思わせればいいって。みんながチョコを持っていれば、そのうちのひとつだけがチョコじゃなく墨だなんて、勘繰られることもないだろうと思っていた」

パフォーマンスの準備の手伝いを抜け出して模擬店に行った時、千冬は自分を含む教室で作業していた学生たち全員のチョコレートを買って、堂々と差し入れたのだ。梨花が金庫に墨をしまう前のことだったので、千冬の行動を怪しむ者は誰もいなかった。

朝倉はまだ信じられないようだった。

「河村、本当なのか……いったいなぜこんなことを」

「もしかして、過去にもこれと似たような事件があったのではないですか」

史郎は、長机の隅に片付けられていたアルバムに視線を投げる。

「新作墨発表会が始まる前に朝倉先生が見せてくれた、夏目さんたちが高校の書道部で活躍していた頃の写真。あのなかに市民書道展の展示作品を写したものがありましたね。夏目さんたちが高校二年の時に出品した書道部の部員たちのものですが、そのなかに一枚だけ、落款のない作品が写っていたんです。もちろん、落款はなくても制作者の名前は書かれていました。それは河村千冬さん、あなたの作品だった」

なぜ、彼女の作品だけ落款がなかったのか。

　高二だった千冬が落款印を作っていなかったとは考えにくい。考えられるのは、ちょうど先ほどの状況と同じように、落款印を紛失してしまったのではないかということだ。

「詳しい事情は知りませんが、気持ちはわかりますよ。一生懸命練習してやっと清書したのに、自分の作品だけ落款印を押せないのが、どれだけ恥ずかしく、悔しいか」

　千冬の作品は『九成宮醴泉銘』の臨書だったが、努力の跡がうかがえる完成度の高いものだということは、写真でもわかった。

「あれは、比美子が隠したのよ」

　千冬は感情を抑えきれず、叫ぶように言った。

　出品の締め切り間際になって会心の作品ができあがったあと、千冬は落款を押そうとしたが、他の部員の印と一緒に保管されているはずの保管箱の中で、前日まであった千冬の落款印だけが消えていた。

　他の部員たちも一緒に捜してくれたが見つからず、結果的に落款なしで書道展に出品する羽目になったのだ。そしてその日は、比美子だけが所用で部活を休んでいた。

比美子の作品は、すでに仕上げたあとだった。

比美子の出品作は千冬とは対照的に、全紙に現代短歌の作品を躍動感あふれる自由書体で書いたものだった。そしてこの作品は結果的に、市民書道展で最優秀賞を獲った。そればかりではなく、これがきっかけで書道展の審査委員長を務めていた城之内蘭鳳に目をかけられ、その後、直々に指導を受ける機会にも恵まれたのだ。

しかしこのことで、千冬にはひとつ心当たりがあった。

市民書道展出品締め切り前日、高校二年生の比美子と千冬は、作品を仕上げるため、遅くまで書道部の部室に残って筆を取っていた。この日、最後まで残っていた部員はこの二人だけだ。

翌日の部活を休むことになっていた比美子は、予定どおりこの日に作品を仕上げ、自分の落款印を押して提出の段取りをつけた。千冬は翌日の締め切りぎりぎりまで練習して清書、提出するつもりでいた。二人は落款印の保管箱をキャビネットにしまってから部室の戸締りをして、一緒に帰路についた。

ところが校舎を出たあたりで、比美子が急に「部室に忘れ物をしてしまって、取りに行くから先に帰って」と、千冬に言い、戻っていったのだ。

そして翌日の放課後、千冬の落款印は保管箱から消えていた。部室の鍵は、放課後顧問から受け取って解錠していたので朝倉にも聞いてみたが、前日の夜からその日の放課後までに鍵を借りに来た人は、忘れ物を取りに来た比美子以外いない、ということだった。

前日に比美子が落款印を取り出して自分の作品に押したさい、保管箱の中には千冬の印もたしかにあった。だとしたらその夜、部室に引き返した比美子が持っていったとしか考えられない。

市民書道展のあと、朝倉が用意してくれた印材で新たに印を作った千冬だったが、「あの時、落款のある完全な作品を出品できていれば、私だって賞を獲れたかもしれないのに」という悔しさも手伝って、表には出さなかったものの、いつしか比美子がライバルである自分の足を引っ張るために落款印を隠したのではないか、と疑うようになったのだ。

大学進学後も書道を続けた千冬だったが、比美子のように大成することはなかった。

あれから十年以上の歳月が流れ、その時の記憶は千冬のなかで薄れていったが、先ほどの写真を見たのがきっかけで、当時の悔しさと怒りがにわかによみがえった。

朝倉は千冬に言った。

「じゃあきみは、あのアルバムの写真を見た時から夏目の邪魔をしようと……俺が余計なことをしたばっかりに」

「いいえ、違うんです。その時はまだ、パフォーマンスのことは知らなかったし」

と、千冬。

彼女が言うには、その後、始まった墨聖堂の新作墨発表会の間にも、高校時代の悔しさと比美子に対する疑惑は胸の内にくすぶり続け、少しずつ膨れ上がって「あれは比美子がやったとしか思えない」とまで確信するに至った。しかしこの時点では、「なにか仕返しをしてやろう」と考えていたわけではなく、もうどうすることもできない過去のことなので、今日の学園祭が終わってしまえば、それっきりになるはずだったという。

ところが一時間前、思いがけず比美子が揮毫パフォーマンスを行うことになったという館内放送を聞いた。周囲でそのための準備が始まり、千冬も流れで手伝い始めたが、書道学科の金庫に金巻の緑風をしまっておくと梨花が言った時、自分も在学中に使ったことのある金庫で仕組みをよく知っていること、それに近くの模擬店で売っていたチョコレートが固形墨によく似ていることを思い出した。そして「墨を隠して比美子を困らせてやりたい。高校時代の私のように」という衝動にとりつかれた。

それで梨花を誘導して金庫の暗証番号を五十五に設定するよう仕向けた。だが梨花が必ずそうするという確信はなく、もしかしたら別の番号にするかもしれない。暗証番号が自分の思惑と違っていて金庫を開けることができなかったら、その時はやめるつもりだったのだ。

「過去のことで、もやもやした気持ちを持て余していた時に、墨を盗むのに都合のいい条件が揃っていることに気が付いて……ささやかな仕返しをしてやれって、背中を押されているような気持ちになったんです」

千冬は、そう言ってうなだれた。

「千冬、あなたは誤解しているわ。私は落款印を隠したりなんかしていない」

背後からかかった声に全員が振り向くと、教室の戸口に比美子が立っていた。

梨花を呼びに行ったはずの史郎がなかなか戻らないので、様子を見に来たのだろう。先ほどからの話も聞いていたらしい。悲しそうな表情の中にも、決意が読み取れた。

比美子は躊躇(ちゅうちょ)することもなく進み出て、千冬に向き合う。

「高校時代の私は飽きっぽい性格で、部屋にこもって筆を取り、何枚も何枚も練習書きを繰り返す書道なんてつまらなかった。何度かやめようとしたこともあったの。でも部活で一緒だったあなたが、どんな難しい課題でも途中で投げ出さずに黙々と続けるのを見ていたら、辞められなくて。あなたがいたから、私は頑張れたの」

「比美子……」

「千冬とは、ずっと一緒に書道を続けたいと思っていたのよ」

「本当に、あなたがやったんじゃなかったの。じゃあどうして――」

比美子の真摯な態度に、千冬の心も揺れたかに見えた時、

「すまない、河村。きみには、ちゃんと話すべきだった。落款印がなくなったのは、俺が悪いんだ」

二人の会話に割って入ったのは、朝倉だった。

「あの日は、午後から中等部の子たちが見学に来ていたんだ」

中高大一貫校である京都文化大学付属高校は、エスカレーター式とはいっても高校進学時に試験を受けて他校に進学する者もいる。それで学校側としては、教育方針にブレのない一貫校のメリットを知ってもらおうと、年に何回か、上の学校を見学する機会を設けているのだ。

その日、付属中学の生徒たちは高校の午後の授業を見学し、希望者は部活も見学することになっていた。

書道部の見学希望者もいたが、間の悪いことに市民書道展の出品の締め切りが目前で、部内にはピリピリした空気が流れていた。慮った朝倉は、今回は活動中の見学はさせず、部の紹介のみに留めようとした。

希望者に伝えると、難色を示す者はいなかった。

ちなみにこの時、千冬たち書道部員は、まだ授業中である。

朝倉は生徒を部室に入れて、活動状況を写したアルバムを見せたり、部員たちの作品や道具類を出して解説した。

ところが落款印の保管箱を開けて実物を見せ、篆刻について説明していたところ、中学生のひとりが机の上に置いてあった保管箱を過って床に落としてしまったのだ。

部員たちの印は派手な音を立てて床に散らばった。

急いで拾い集めて確認してみると、打ちどころが悪かったのか千冬の印だけが欠けてしまい、修復不能になっていた。

箱を床に落とした女子生徒は泣き出し、当時、まだ新任だった朝倉はパニックに陥った。

「大丈夫。持ち主の部員には、事情を話しておくから」と、言って帰ってもらい、その場はなんとか収まったが、朝倉はひとりで途方に暮れた。

印材は部員数に合わせて発注するので予備はなく、これから注文したのでは到底、書道展には間に合わない。なにより、作品の制作に集中している千冬にはどうしても言えず、結局そのまま言いそびれてしまったのだった。

「本当に、すまなかった」

朝倉は、深々と頭を下げた。

千冬は朝倉の告白に言葉を失っているようだったが、思い立ったように比美子を見た。

「ごめんなさい、比美子。私……」

千冬は、目に涙を浮かべている。比美子も戸惑いを隠さず、千冬の肩を抱く。

山科が遠慮がちに声をかけた。

「あの、すみません……パフォーマンス開始まであと十分を切っています」

比美子と千冬は、力強く頷く。

「みんな、お願い。揮毫を成功させるために、協力して」

「はいっ」

そこにいる全員の気持ちが、ひとつになった瞬間だった。


その後、梨花による金巻の緑風の紹介と墨磨りに始まった比美子の揮毫パフォーマンスは滞りなく進み、観客の好評を博した。ライブ配信の反応も上々だということだ。

「肩の荷が下りたわ」

パフォーマンスのあと片づけも終わってみんなが一息ついた頃、呟いた梨花を、史郎は労った。

「お疲れさま。頑張ったな、梨花」

「うん……河村先輩ね、さっき私にも謝りに来てくれたんだけど、また書道を始めるんですって」

「ほう。そりゃ、よかったじゃないか」

梨花の話によると、パフォーマンスのあとで千冬は改めて比美子に、過去の一方的な誤解のために陥れようとしたことを謝罪したという。

そしてこの出来事をとおして、「いろいろあったけど、私たちにとって一緒に書道に打ち込んだ日々は、宝物だった」ことを、二人とも再認識したようだった。

比美子が書いた大字書には、「緑風」の二文字が躍っていた。

名墨の名であることはもちろんだが、史郎には、彼女たちのかけがえのない青春時代を象徴しているように見えた。

「お兄ちゃん。いろいろ助けてくれて、ありがとう」

「なんだよ、改まって」

「私ね、お兄ちゃんに、はっきり言わなきゃいけないことがあるの」

いつになく真剣な梨花の様子に少し困惑する。

「毎年バレンタインデーに、チョコを送ってるよね」

「いつもありがとう」

「甘いのが苦手って言うから、ビターチョコにしてたんだけど」

言いたいことがなんとなくわかった。

「あ、あれは河村さんに墨を返してもらうための方便で……」

「ひどいよ！　来年は砂糖たっぷりミルクチョコにするから」

立ち上がった梨花に、史郎は言った。

「ごめんって！　僕は、梨花がくれるチョコレートがうれしいです」

梨花は微笑む。

「よろしい。私も、お兄ちゃんがおばあちゃんのお店を継いでくれてうれしい。あ、書道教室の先生やろうか？」

「いや、遠慮しておくよ」

ぼそりと言って、足早に歩きだす史郎を、

「なんでよ！　私だって、おばあちゃんに恩返しがしたいのに！」

梨花は、走りながら追いかけてきた。

本書は書き下ろしです。
収録作品はフィクションです。作中に同一の名称があった場合でも、
実在する人物・団体等とは一切関係ありません。

宝島社
文庫

京都伏見の榎本文房具店
真実はインクに隠して
（きょうとふしみのえのもとぶんぼうぐてん　しんじつはいんくにかくして）

2024年5月21日　第1刷発行

著　者　福田 悠
発行人　関川 誠
発行所　株式会社 宝島社
〒102-8388　東京都千代田区一番町25番地
電話：営業 03(3234)4621／編集 03(3239)0599
https://tkj.jp

印刷・製本　中央精版印刷株式会社

ISBN 978-4-299-05493-7